He Walked in and Sat Down and Other Stories

He Walked in and Sat Down

and Other Stories

Rosaura Sánchez

English translation by Beatrice Pita

University of New Mexico Press
Albuquerque

For Panchita, Challes, and Donatila

ISBN-13: 978-0-8263-2214-2

First edition

Library of Congress Cataloging-in-Publication Data:
Sánchez, Rosaura.

He walked in and sat down, and other stories/Rosaura Sánchez;

English translation by Beatrice Pita. —1st ed.

p.   cm.
English and Spanish.
Stories previously published separately, 1976–1992.
 ISBN 0-8263-2213-1 (alk. paper) ISBN 0-8263-2214-X
(pbk.: alk. paper)
I. Pita, Beatrice.

II. Title. PQ7079.2.S253 H4   2000

863—dc21

99-050426

Designed by Sue Niewiarowski

Contents

Acknowledgments

"Tres generaciones" published in *The Américas Review,* vol. 20, no. 1, Spring 1992.

"Una noche" published in *Bilingual Review,* Sept.–Dec. 1976, vol. 3, no. 3.

"El Tejón" published in *Grito del Sol,* year two, book three, July–September, 1977.

"Crónica del barrio" published in *Palabra nueva: Cuentos Chicanos,* University of Texas El Paso, Texas Western Press, 1984.

"Entró y se sentó" published in Arte Público's *Cuentos Hispanos de los Estados Unidos,* 1993.

"Don Salomón," "La zanja," "Dallas," and "Lucho" published in *Requisa treinta y dos,* UCSD Chicano Studies, 1979.

"Se arremangó las mangas" published in *Hispanic Literature in the United States, Bilingual Review,* no. II, 1982.

"El traje nuevo" published in *Maize,* Fall, 1977.

"Una mañana: 1952" published in *Revista Chicano-Riqueña: A Decade of Hispanic Literature. An Anniversary Anthology,* 1982.

"Las granjas" published in *Bilingual Review,* vol. 14, no. 3, Sept.–Dec., 1987–1988.

"Jac$in$the$bag" and "En la empacadora" first appeared, in a different version, in *Second Chicano Literary Prize, Irvine 1975–76* (UC Irvine, Department of Spanish and Portuguese, 1976).

He Walked In and Sat Down

He walked in and sat down at the enormous desk that awaited him covered with papers and letters. He was furious. He couldn't believe it. The students had behaved like ingrates.

—Bunch of idiots. Can you imagine that, calling me a "poverty pimp" right to my face. Damned shitty fools. As if one weren't doing it all for *them*, for the *raza*.

He called Mary Lou, his secretary, in and asked her to bring in some coffee and cinnamon rolls.

—And to top it off they had the gall to insult me, criticizing me for not marrying a *mexicana*. How stupid can they be, how narrow-mindedly racist. What they don't understand is that I took this position to help *them*, to encourage them to continue with *their* education.

At that precise moment the phone rang. It was Mr. White, the chair of the University's Department of Education. No, he was certain there wouldn't be any more problems. He himself would talk with the principal Mr. Jones to clear matters up. It was all just a misunderstanding and he'd take care of it right away.

Mary Lou came in with the coffee as he was finishing on the phone. He sipped at the coffee and started working on his budget report for the month. Gas. Expenses for meals with several important visitors. The flight to Los Angeles to meet with educators who supported bilingual schooling. Motel costs.

1

—For them I'm only here because of the salary. True, I'm paid well and there are lots of professional opportunities, but the truth is there are a lot of headaches, lots of problems to deal with too. I could have just stuck to my university teaching position and not given a damn about my *gente.*

He was allowed a $22 a day per diem. He'd been there five days so that meant he could ask for a reimbursement of $110. And he could add in the cost of the taxi too. Now they expected him to support the student strike. That was too much. They were trying to get him in hot water.

—If these kids only knew how hard I had to sweat to get to where I am today. What do they think they're going to get from all that blather and chanting that the system has to be changed. Don't they know that that's not the way to get things done. Don't they see that the important thing is to study so that tomorrow they can be productive members of society.

All of a sudden the lights went out. There was thunder and lightning outside the office windows and the rain started coming down in torrents. He swung round in his swivel chair and went up to the window. As he looked out he first saw the gray campus buildings that had something of a prison look to them. It was getting darker outside and that's when he saw the truck lost in the rain.

—With this downpour we'd better wait a while, *m'hijo.* When we get to the end of this row, we'll take cover under the truck for a while until it stops a bit.

He weighed the cotton but didn't empty out the bag because the cold rain was chilling him to the bone.

—Look, son, if you go off to school I don't know how we're going to make it. What you earn as a busboy and the extra we make

picking cotton on the weekends really helps out. You know I don't
get paid much at my job.

No one had to tell *him* what it was to work, to work hard, sun up to sun down. He knew. So where did they get off coming to tell him what it was really like. Who did they think they were? It was unbelievable that after so much hard work he still had to put up with these lazy fools, *puros huevones*. Because their problem was exactly that, they didn't want to get down and do the work, they didn't want to buckle down, they didn't have what it takes to do the studying like real men.

—Honest, *Apá,* I'll send you part of my federal loan each month. You'll see I won't forget about helping out once I'm in school. As soon as I get to Austin I'll look for a part-time job so I can help out at home.

Back then only a few of us went on to college. These kids just don't know what it was like; nowadays they just want to suckle on the government's teat. All they know how to do is complain about not getting enough.

—M'hijo, you know I'm getting old. You have to take care of your mother and your brothers and sisters.

Outside the rain kept falling hard and the lights still were out. Lightning flashed again across the sky.

The car had stalled on them at the corner. The light had turned green already but the car refused to start. His father got out, raised the hood and took off the filter. As his father covered and uncovered the carburetor intake, he pressed the gas pedal inside the car. The cars behind them started honking. To one side and another angry Cadillacs and Oldsmobiles rode by, the ranchers inside upset at the traffic tie-up right in the middle of Chadbourne Avenue. By the time the car finally started up, his father was

4   drenched. That day he would have sent them all to hell, the whole lot of *gringos* that made them drag the heavy bags full of cotton through the fields while their shoes sank into the just plowed earth, the whole lot of them that saw to it that they were paid so little that they could only afford junkers that always stalled on the road. Years later he'd married a *gringa*. And now, after working so hard, after so much effort, they wanted him to risk his neck. Supposedly for *la causa*. As if it were so easy to change things. No sir-ee. They could forget about that. They shouldn't count on his support.

The lights came back on and he started reading the mail on his desk.

—Thank God I have this office here at the University, here on the sixth floor of this monstrosity where I don't have to see anyone if I don't want to. All I have to do is to tell the secretary to say I'm not in. That way I can tend to all this paperwork that I've got to do. Those Teacher Corps students are simply going to have to follow the rules or they'll be out of here. I'll have to be strict with them, otherwise they'll cause problems for me. One of these days I'll have to tell these people my story, how hard I had it and what I had to do to make it . . . Let's see . . . It's definitely not going to be to-morrow though. Tomorrow I've got the flight to Washington for the national meeting of Federal Programs on Minority Education, and then, let's see, then there's San Antonio for some consulting work on bilingual programs. I'd better call Mary Lou and check to see that she got me the flight for tomorrow. Mary Lou . . . yes . . . aha . . . the Hilton, right, from the 8th to the 10th of November. Right. And what about the flight arrangements . . . aha . . . Is that on Continental or on American?

He looked out the window and saw his father standing in the rain, drenched and covered with grease stains from the engine.

Entró y se sentó

Entró y se sentó frente al enorme escritorio que le esperaba lleno de papeles y cartas. Estaba furioso. Los estudiantes se habían portado como unos ingratos.

—Bola de infelices, venir a gritarme a mí en mis narices que soy un "Poverty Pimp." Bola de desgraciados. Como si no lo hiciera uno todo por ellos, por la raza, pues.

Llamó a Mary Lou, la secretaria, y le pidió que le trajera café y un pan dulce de canela.

—Y luego tienen el descaro de insultarme porque no me casé con una mexicana. Son bien cerrados, unos racistas de primera. Lo que pasa es que no se dan cuenta que yo acepté este puesto para ayudarlos, para animarlos a que continuaran con su educación.

En ese momento sonó el teléfono. Era el señor White, el director universitario del departamento de educación. No, no habría más problemas. Él mismo hablaría con el principal Jones para resolver el problema. Era cosa de un malentendido que pronto se resolvería.

Mary Lou llegó con el café cuando terminó de hablar. Después de un sorbo de café, se puso a hacer el informe de gastos para el mes. Gasolina. Gastos de comida con visitantes importantes. Vuelo a Los Ángeles para la reunión de educadores en pro de la educación bilingüe. Motel.

—Para ellos yo sólo estoy aquí porque el sueldo es bueno. Si

5

bien es verdad que pagan bien y que las oportunidades son muchas, también es verdad que los dolores de cabeza son diarios. Yo podría haberme dedicado a mi trabajo universitario y no haberme acordado de mi gente.

Se le permitían veintidos dólares de gastos diarios y como había estado cinco días podía pedir ciento diez dólares. A eso se agregaban los gastos de taxi. Ahora querían que los apoyara en su huelga estudiantil. Pero eso ya era demasiado. Lo estaban comprometiendo.

—Si supieran esos muchachos lo que he tenido que sudar yo para llegar aquí. Con esa gritería de que hay que cambiar el sistema no llegamos a ninguna parte. No se dan cuenta que lo que hay que hacer es estudiar para que el día de mañana puedan ser útiles a la sociedad.

De repente se apagaron las luces. Afuera comenzaba a tronar y la lluvia caía en torrentes. Volteó en su silla giratoria y se acercó a la ventana. Primero vio los edificios grises universitarios que se asemejaban a los recintos de una prisión. Se oscureció más y más hasta que vio la troca perdida en la lluvia.

—Con este aguacero tendremos que parar un rato, hijo. Llegando a la orilla del surco, nos metemos debajo de la troca hasta que escampe un poco.

Pesó el algodón pero no vació el costal arriba porque con la lluvia le estaba dando frío.

—Mira hijo, si te vas a la escuela no sé cómo le vamos a hacer. Con lo que ganas de *busboy* y lo que hacemos los sábados piscando, nos ayudamos bastante. Ya sabes que en mi trabajo no me pagan gran cosa.

Sabía lo que era trabajar duro, de sol a sol, sudando la gorda. Entonces que no me vengan a mí con cuentos, señores. ¿Qué se han creído esos babosos? Después de tanto trabajo, tener que lidiar

con estos huevones. Porque lo que pasa es que no quieren ponerse
a trabajar, a estudiar como los meros hombres.

—Mire, Apá, le mandaré parte de mi préstamo federal cada mes. Verá que no me he de desobligar y ya estando en Austin, buscaré allá otro trabajito para poder ayudarles.

Éramos pocos los que estudiábamos entonces. Estos que tienen la chiche del gobierno no saben lo que es canela. Sólo sirven para quejarse de que no les den más.

—Yo ya estoy muy viejo, hijo. Cuida a tu mami y a tus hermanos.

Seguía lloviendo y la electricidad no volvía. Afuera relampagueó.

El carro se les había parado en la esquina. El semáforo ya se había puesto verde pero el carro no arrancaba. Su papá salió, levantó el capacete y quitó el filtro. Mientras su papá ponía y quitaba la mano del carburador, él pisaba el acelerador. Atrás los autos pitaban y pitaban. Por la izquierda y la derecha se deslizaban los *Cadillacs* y los *Oldsmobiles* de los rancheros airados con el estorbo en plena calle Chadbourne. Su papá estaba empapado por la lluvia cuando por fin arrancó el carro. Ese día los había maldecido a todos, a todos los gringos de la tierra que los hacían arrastrar los costales de algodón por los surcos mientras los zapatos se les hundían en la tierra arada, a los gringos que les pagaban tan poco que sólo podían comprar aquellas garraletas que nunca arrancaban. Años después se había casado con una gringa. Y ahora después de tanto afán, querían que se rifara el pellejo. Qu'esque por la causa. Como si fuera tan fácil cambiar el sistema. No, señores, que no contaran con él. Volvió la electricidad y se puso a ver la correspondencia.

—Gracias a Dios que tengo mi oficina aquí en la Universidad, en el sexto piso de esta monstruosidad donde no tengo que ver a nadie. No más le digo a la secretaria que diga que no estoy, así puedo dedicarme al papeleo que siempre hay que atender. Estos estudiantes del Cuerpo de Maestros van a tener que sujetarse a las reglas o si no, pa fuera. Tiene uno que ponerse duro, porque si no, se lo lleva la chingada. Alguna vez les contaré mi vida a esta gente . . . A ver . . . Bueno mañana no será. Tengo que ir a Washington a la reunión nacional de programas federales de educación para las minorías y luego . . . a ver . . . tengo que ir a San Antonio como consultor del programa bilingüe. Vale más llamar a Mary Lou para ver si me consiguió ya el pasaje de avión para mañana. Mary Lou . . . ah, sí mmmhhhmmm, en el Hilton, del 8 al 10 de noviembre. Muy bien. Y ¿qué sabes del vuelo? . . . ¿Por *Continental o American?* . . .

Miró por la ventana y vio a su papá empapado de agua y lleno de grasa.

Road Detours

The argument had started—as usual—because they disagreed on some political issue. Susana had held her ground and refused to give in, saying that there was nothing wrong with single mothers asking for public assistance to help them raise their kids, but he went on and on about how they were responsible for holding back Latinos' progress. Speaking like the true conservative he was at bottom, he put them down by calling them *welfereras* and saying that the government should make them have their tubes tied and put them to work and stop letting them make money by breeding.

At first I thought he just wanted to argue or that he was saying it just to get my goat, for he knew exactly what buttons to push to get me all riled up. But when we got to the thing about Proposition 187 things got ugly and Adrián was more than mad, he was really furious.

—Why should we pay for their schooling and let them have medical services just because they cross the border? Sometimes those people are middle class over there and they just come over here to mooch.

—Look, there's always going to be people who take advantage of things, but they're the exception. Most of the undocumented people living here work hard and pay their share of taxes. And you know well and good that as cheap labor somebody sure is profiting off them; the reason they're here is because companies need their labor, they want them here and we all profit off their work. It's only fair that they have access to public social services, just like anybody else. Besides, someone who is an immigrant himself like you—who passes himself off as a U.S. Latino when it suits you—should understand that.

I was getting more disgusted by the minute; seeing that it wasn't going anywhere I got up to leave. That's when it got really ugly; Adrián got up too and looking like a badger about to attack he started saying you're not leaving, who do you think you are, you're always giving me this leftist bullshit and contradicting me; you're not shutting me up and you're not going anywhere. When he grabbed my arm I tried to shake loose from him but he only grabbed harder and then he threw me back down on the sofa; I kept trying to get him off me and he kept telling me stuff and started pulling at my clothes.

I was in bed when I woke up and could feel his leg on mine. Then I remembered, and at first this rage came over me but then I thought there's no point, I just have to leave. I got up slowly so I wouldn't wake him up and got out of bed, dressed and left. I'm never, ever going back to Adrián's place. It's finished, Amalia. When I got to my apartment I looked in the mirror and saw that my arms had all these bruises. Do you see how bad things have gotten, Amalia? Anyway, I got my things ready for the trip up north, packed them in the car and left. Right, right, I'm calling you from the road; Yeah, relax, I'm on the freeway—going through Santa Ana right now—and I'm going to stop over at my mother's house in L.A. for a bit and then head up to Berkeley to do the research I told you about. Of course, El Güero Adrián didn't want me to go up—what else is new—but I'm telling you the thing with Adrián is finished. Serious. From now on I'm going to do what's on

my agenda, what I have to do. Right, I know, yeah, I'm okay, I'm
fine—really. I'll call you when I get back. Ciao.

Susana kept driving north on Interstate 5 until she got to
the 101. She got off the freeway at the Echo Park exit and drove to
her parents' house. Nobody was home; her mother was probably
still working at the garment shop, her brother was still at school.
At this time of the day her father was probably somewhere between
Santa Barbara and L.A.; his work, fixing the track, changing the
ties or putting in new crossings, sometimes took him out of the
city. Susana first went straight to the bathroom. After washing her
face and hands it came to her that she was hungry; she hadn't eaten
anything since last night and she decided to see what there was
to eat in the refrigerator. The house was empty, quiet, but outside
she could hear dogs barking, birds, and once in a while a train
whistling down on the tracks in Taylor Yard. She looked out a window and saw a pair of squirrels fighting and running along the
electrical wires between the posts; it was an old neighborhood, not
like where she had her apartment down in Leucadia where all the
wires and cables were underground. Down in Leucadia, despite
being a nicer, newer area, she felt alone; somehow, here she felt
good, even if there was nobody else at home. Maybe she *should*
have gone to graduate school in Los Angeles and not in San Diego.
Well, it was too late to think about that, anyway.

She finished off the sandwich and wrote a note to her mother,
saying that she'd dropped by and that she was headed north for a
few days and would call her when she got there. She left it right
next to the phone so that she'd see it.

It was still rather early, so she didn't get caught in the afternoon
rush-hour traffic. After getting out of L.A.'s San Fernando Valley,
Interstate 5 goes up through some pretty good mountains until it

comes to the Tejón Pass. The curves and the constant caravan of eighteen-wheeler semis kept her from concentrating on what she wanted to think about: her research plans for the week; but the traffic wasn't the only thing that kept her from concentrating. She kept coming back to her problems and the relationship with Adrián. There was no sense denying it. There had been psychological abuse in that relationship from the start; Amalia had pointed that out to her a long time ago. But now it had gone beyond that, last night, that had been physical abuse. It upset her to think she could be so stupid! *Me está llevando la puritita chingada!* she said to herself, almost out loud. Still thinking, she put in a cassette of Brazilian music and started humming along with Joao Gilberto. It's got to end. There's no way this can go on; this damn *güero*—like the good Latin American that he is—even puts down the way I speak Spanish.

Up ahead she saw a brown sign that said they were entering Rancho Tejón lands. Somewhere she'd read that it was an enormous 96,000 acre ranch that back in 1843 had been granted to Ignacio del Valle and José Antonio Aguirre by Governor Micheltorena. But that was about all that was left from that Mexican period: the names, Tejón Pass and Fort Tejón. By 1854 all this area became a U.S. Army fort, serving more than anything else to control the local Indians that had been kicked off their lands and shipped out to the Tejón Reservation. Later, after the Civil War, the Army had pretty much abandoned the fort and now they've made it into a State Park—most of the people whizzing by the area don't even have a clue as to what a *tejón* is.

Susana was in her Honda, a blue-gray hatchback that she loved too much to even think of replacing, although lately it was getting to be expensive to keep it up: a valve job, a new radiator, a new generator and starter, four new tires, etc., etc. It was still a lot less expensive than getting into a new car, and until she finished her degree, the best thing was to keep fixing up *la carrucha,* as she tenderly called her old Honda, and not get into any big debts.

The gas gauge said *la carrucha* was going to need gas soon, but once she was out of the last of the Grapevine's ravines all she saw was a flat plain on both sides of the road. A bit further ahead she saw a gas station sign and decided to exit and gas up since the sign also warned *Next services thirty miles.* There was still a good bit of road to go before reaching Berkeley; after that she wanted to go up to Sonoma, to see *Lachryma Montis,* Mariano Guadalupe Vallejo's house. Vallejo had been one of the native Californios known, supposedly, for supporting the *gringos.* It's a museum now, for eventually Vallejo lost everything, all for having put his faith in the *gringos,* that much at least both his friends and enemies agreed upon. To think that the man who seemed to be the brightest among all the Californios had also been the most stupid was almost unthinkable.

Susana was intrigued by nineteenth-century California, so much so that she had decided to write her doctoral dissertation in History on the consequences of the 1846 invasion and conquest of California. She was especially interested in tracing the dispossession of the Californios carried out by the Anglo invaders of the territory and that's why she wanted to really get to know everything about Vallejo's life. Everyone, even schoolchildren, knew that Vallejo, his brother Salvador, his secretary and one other man had been imprisoned during the so-called Bear Flag Revolt, a filibustering act carried out by Fremont's men. That—as well as Vallejo's supposed support of the U.S.—was pretty much common knowledge. What was less known was what came afterwards. In her letters, his wife, Benicia Francisca Carrillo de Vallejo, described a totally different Vallejo, one that built and lost a great fortune and died a bitter and impoverished old man.

The main point she wanted to argue in her thesis was the idea that this man and his family were a metaphor of sorts for what had happened to the Californios as a whole; that's why she needed to do this research so that she could work it out in greater detail. She'd spent the last summer ruining her eyesight looking at the documents in the Bancroft Library at Berkeley and now, at the first chance she had after winter quarter classes were over, she wanted to go back there and then afterwards over to Sonoma, where she could research Vallejo's personal library as well as his Rancho Petaluma and other places around the area.

She had filled up the gas tank and was about to get back in the car when Susana found out that her right front tire was almost flat. She'd been so caught up in her thoughts that she hadn't even noticed. It was the gas station attendant who pointed it out. He showed her the nail she'd picked up and followed that up by saying that, no, she couldn't get it fixed there. That was just great because Susana wasn't carrying a spare; since she'd just recently bought four new tires she had figured she was safe. The attendant told her he'd fill it up with air but he recommended that she not go back on the highway; with the tire in that condition he wouldn't want to wager on her making it the thirty miles to the next station. His finger pointed to a road alongside the station as he suggested that she follow it to Chapi, a little town up a ways about fifteen miles. Maybe there'd be a mechanic at the station there and they could help her. Susana looked at her map but couldn't find the town; she thought to herself that it couldn't be much of a town; if she got stuck there then she'd really have a problem. She hesitated about following the attendant's suggestion—who, in any event,

seemed more interested in getting back to whatever was on the
TV playing inside the little shop—and decided to get back on the
freeway. If the tire didn't make it at least on the interstate there
might be a trucker, a highway patrolman or even a tow truck to
flag down.

She'd gone close to twenty miles—fairly slowly—but she didn't
have to get out of *la carrucha* to know what the situation was; she
pulled over and heard the gravel crunch beneath the totally flat
tire. She got out. The damned tire had given out with the next station probably some ten miles away. She tried her bicycle pump but
no matter how much she pumped the tire refused to inflate. She
decided to call the AAA Road Service on her cellular phone but it
wouldn't work. It couldn't be the battery. She tried again but only
got static. Must be the mountains. Meanwhile trucks and cars
whizzed by and not a soul deigned to stop. A bit off from the road
she seemed to make out a ranch house surrounded by some trees
and since it was getting to be about five and getting dark she decided to head up to the house; surely they'd have a phone there
and she could make her call. She grabbed her leather backpack
and some Kleenex, pulled out a little vinyl case from the glove
compartment and locked up the car.

She crossed the wire fence and with her backpack on started
walking over the dried out, cracked soil where even the grass had
a hard time growing. This *ranchito* must be north of Fort Tejón, she
thought. With each step she took, however, the house seemed to
be further off than it seemed from the highway. She was getting
anxious; it was as if time and space were distending. She tried to
walk even faster than she usually did, but she couldn't; it was like
she had lead in her feet or was moving in slow motion. It couldn't
be that she was tiring out from the walking; she was used to running every weekend and walked a lot more on any given day, but

she just couldn't seem to advance as much as she wanted. She looked back to see how much ground she'd covered already but she no longer saw the highway.

When she finally made it to the trees, mostly scrub brush and several old oaks, she came to a path, paved in parts with cobblestones, that led up to the house. From afar the house seemed to be made of stucco, but up close she saw if was more like adobe, like the houses she'd seen near Las Cruces, New Mexico, in La Mesilla, just like the ones they had made in fourth grade when they were studying the California missions, though no mention was ever made of the Californios. The front part of the house didn't have any windows and the door was made of rough-hewn planks, pioneer log-cabin style. Was this some sort of museum? Probably, more likely, some Native American arts and craft shop like the ones along Interstate 10 in Arizona. It surprised her that they hadn't turned on the lights yet, since it was getting dark already.

She knocked and waited a bit; no one came so she knocked again. Then she heard some voices and children laughing from what seemed to be behind the house. She decided to go around back and she came to some sort of small water tank where a woman was bathing two small children. Next to the tank there was a corral and two horses; a bit further off there was a cow and a couple of calves and a vegetable garden off to the left. It struck her that she hadn't made out the corral and the garden from the highway.

The woman seemed to Susana to be Mexican. "*Buenas tardes,*" she said as she approached. The woman jumped back startled and the children's laughing stopped suddenly. The three of them looked at her as if they had seen a ghost. Susana noticed it and tried to reassure them by again saying, "*Muy buenas tardes. My car broke* down there on the highway and I was wondering if I might use your phone to call the AAA road service."

None of the three said anything. Susana came closer and spoke to the woman in Spanish.

—Even if it seems sort of strange, I walked up from the road because it's getting dark already and I didn't want to get caught alone on the road after nightfall.

—Where are you going?

—Well, I'm heading up north to Sonoma, if I make it there that is.

—*Disculpe,* you're not from around here, are you? You're dressed rather strangely.

Taken aback somewhat, Susana looked at herself. It was what she always wore: jeans, a sweater, tennis shoes and her backpack.

—I mean, because, well, you're a woman but you're wearing pants, but they're not like the ones men around here wear, and your *chamarra,* I never saw one like that, or your shoes, not even in Monterrey.

The woman helped the two children out of the tank, dried them off with a blanket and wrapped them both up in it and started for the house.

—*Venga, pase.* And tell me what I can do for you?

Susana followed her through the door made of planks; once inside she noticed that the cabin was adobe outside but made of timbers inside. She looked around and saw the slow fire burning in the fireplace—it was only then she realized that it was getting cold—and above the embers, hanging from a chain, a pot blackened by soot in which something was simmering. Someone did a real nice job with this pretty authentic reproduction of a nineteenth century dwelling, Susana thought to herself.

—So you're headed to Sonoma, you say. Well, the strong man there is Vallejo. They say he controls many thousands of *indios,* that he just has to give the word and they'll come down and invade all of Monterrey.

—That might have been the case, back then.

Susana smirked at the woman's remark, but was a little bit surprised that this woman out in the middle of nowhere should know so much about California history. She again—discreetly—looked around trying to make out where the phone was. There was no television, no radio, and apparently, no telephone.

—*Disculpe,* do you have a telephone?

—And what would that be, *niña?* But what are you doing all alone up in these parts. Or is it that you're with others? Are they waiting for you out there, *quizás?*

—No, no. I'm alone. That's why I thought that since it was getting dark I'd better walk over here to see if you'd let me call for road service from your phone.

Again the woman looked at her strangely, while she stirred the pot with one hand and helped the smallest child dress.

—*Lo siento. Mire.* There's no one here right now to help you. My husband is over in Santa Barbara right now selling some skins and tallow. He left me here with Margarita, the Indian girl, but as soon as he and his two Indians left this morning she took off to see her people at the *ranchería,* which isn't too far away. She's from the Emigdiano band of Indians, *sabe.* I can't say I blame her for going, really; she hasn't seen her family in a long while, so I didn't want to keep her from visiting them. It's just that it's nighttime now and being here all alone *con los niños* scares me a bit. That's why when I saw you standing there suddenly, I was frightened. It's the first time I'm here at the *ranchito* alone.

Obviously what we had here was a family that had decided to

break with the modern world; maybe they were members of some
religious sect or one of those militias, but usually they set up
camps in the mountains, buying provisions and surrounding themselves with all kinds of weapons. But those were usually racist
clan-types, right wing whites reacting with hate and fear at the in-
creasing numbers of Latinos and Asians in the state. No, but that
wasn't what was going on here. There was no militia bunker, there
was no surplus or year's supply of anything here. There was what
looked like a *machete* over near the fireplace, and an old-fashioned
rifle—like something from a museum—on the wall and that was
it. But the part about the skins and tallow, just didn't make any
sense, unless we were talking about possum skins, or jack rabbit
or rattlesnake skins, or maybe some badger or mountain lion
skins. After all there was no sign of range cattle, unless they were
grazing out in some greener valley, because this area around here
was much too dry.

—So, *señora,* you don't have a telephone?

—*Tele-qué?* What is that you're talking about, *niña?* Come up
closer to the fire so you can get warm; you're shivering already.

She sat down on a small leather chair, like one she'd seen in
Mexico. It was a child's chair but she welcomed getting off her feet
after the long walk.

—*Por favor,* won't you join us? Come and help yourself to some
caldo—and she handed her what seemed like a pewter plate and a
wooden spoon.

Susana thought of saying *no, gracias,* but the smell of the pota-
toes and onions in the soup reminded her she was hungry and she
accepted the offer gratefully. It was dark already and the woman lit
a candle; it was then that Susana realized that she hadn't seen any
electrical wires leading up to the house. And it certainly wasn't that
they were underground here like at her place in Leucadia. They're

living like hermits here. The woman wears this wide, long skirt and her blouse is long-sleeved too with a high button collar. The children's clothes are homemade too and clearly they have their hair cut here at home as well. They must belong to some Mennonite sect or something like that.

—*Dígame.* What was it you said happened to you?

—My tire. *La llanta.* I got a flat.

She saw the ridges on the woman's forehead and could sense her puzzlement.

—I obviously picked up a nail somewhere along the way and since I don't have a spare . . . *un repuesto* . . . well, it's left me here stranded.

The woman was still mystified.—The tire, that is, *la rueda,* broke down on me.

—*Ah. Ahora sí.* Now I understand! But, does that mean you left the horses down there with the wagon? Umm . . . that's bad. You see the Indians around here like horse meat a great deal, but because they know my husband is a friend of the chief of their *ranchería* they don't dare take our horses. But they're more than liable to carry off and make dinner of any other animals they find out on the *llano.*

By then the only thought in Susana's mind was the tune from the *Twilight Zone* television program; she listened but didn't say a word. There was only one window in the cabin; she noticed at that point that there was no glass, only a metal grate. She looked out and saw it was dark; she decided to ask to stay the night.

—*Oiga, señora,* if it's not too much of an imposition, could I ask you to let me spend the night here with you? It's dark out now and the idea of going back to the highway alone scares me.

—*Por supuesto, niña.* Of course you can stay. That way you'll keep me company too. Margarita will be back tomorrow night at the latest because she knows that Juan, the Indian boy she's going to marry, will be mad if he finds out that she's gone back to her *ranchería,* because, *sabe,* he belongs to a tribe that doesn't get along with hers. But she hasn't seen her people in such a long time, her brothers and her mother. . . . *pero dígame,* can I get you some more *caldo?*

The piece of bread she offered Susana was hard but tasted truly delicious with the soup. Might as well make the best of the situation, she thought to herself and decided to find out who, in fact, these people living in this house were. What sect or group did they belong to? By all accounts to one of those groups that reject technology and anything modern, or to the ones that decide to get away from society and wait for the millennium and for the world to end.

—My name is Susana, and I'm from Los Angeles. *Y usted?* How about you?

—So, you're from Los Angeles? Well, I'm María del Valle, from Monterrey. My father has his house there, his orchard and some head of cattle that graze on the common lands. He's also a carpenter and makes furniture. He made this table for us. *Mire.* See how sturdy it is, and over there, see the flower design he worked into the wood. He's getting a bit old now, but he was one of the first Indian neophytes that learned a craft and how to read and write under the *misioneros.* After the Indian uprising in Santa Barbara failed—and my father was involved with that up to here—they told him he had to stop having any dealings with other *indios* from the *rancherías* and they condemned him to live up in Monterrey. *El gobernador* Solá, who ended up being the last Spanish governor, granted him a pueblo lot there in Monterrey and he worked for ten years and prospered and finally married the daughter of a Californio, something—as you know—pretty much unheard of.

Claro. It's more than common for Californios to live with or even marry *indias,* but this is the only case, that I know of *por lo menos,* of an Indian marrying a Californiana, a *gente de razón,* as they're called; because, you know, my mother is very light skinned, even if she too is a *mestiza,* but my father, there's no mistaking him— he's quite dark. But because of what I was telling you before, that my father was one of the smartest men in town—how could he not be, he was trained by the *frailes!*—and knew how to read and write and Latin and everything—he was made *alcalde,* mayor of Monterrey. He had, like I was telling you, his house, his orchard, he had an income, so when it came to marrying my mother no one minded, not even the missionaries. It's like my mother says: his economic position "whitened" him, made him a Californio and acceptable.

I stared at María's two braids and the wooden spoon she gestured with in her hand as she spoke; she then turned, smiled, and served me some more *caldo.* The truth was that I didn't know what to think. I felt out of it, totally out of synch in terms of time and place. Maybe somehow I was dreaming. But that wasn't the case; I was wide awake. A religious sect maybe? If not that, then what? Could there really be such a thing as time warps? No. I'll stay with Prigogine; I'm a firm believer in the arrow of time, and it goes in one direction only and there's no two ways about it. But maybe reading too much Borges last term for that language class I had to teach has muddled up my brain, because I really can't believe all those metaphysical *pendejadas* about parallel dimensions in time and stuff.

—And, so how was it that you came down from Monterrey here to *el Tejón,* María?

—When we got married we requested a grant of land and they gave us this parcel here in the Tejón area, near the lands of a cousin

of my mother's, one of the del Valles of Los Angeles. Maybe you
know them? *Bueno,* like I was telling you, my husband David came
to California from Boston, and so he had to become Catholic and
a Mexican citizen when we married. So afterwards we petitioned
for a grant of land and *el gobernador* Micheltorena gave it to us.

—*Oiga.* Do you by chance know Vallejo?—Susana surprised
even herself at her question; she'd gotten caught up in the game almost without realizing it.

—*Bueno.* I don't know if I'd go so far as to say I *know* Vallejo, but
I have seen him a number of times because my father has made
several pieces for his house up north. What my father does say is
that Vallejo is one of the most well-educated and intelligent men
in Alta California, but also that he's pretty arrogant. *Mire.* Why
don't I give you these blankets so that you can sleep in the boys'
bed here near the fire and I'll put them to sleep over here in my
bed with me.

Susana helped her pick up the children who were by now
nearly asleep and put them in a large bed covered by what seemed
like cattle hides. The two women then went out near the water
tank and washed the dishes from dinner; the wind had picked up
and Susana regretted not having brought her leather jacket which
was still down in the car. The moon above was full and they were
able to go out and back into the house without bringing the
candle with them. María closed everything up tight and went to
bed with the children, who by now were totally asleep. It was too
early for Susana; she tried to look at her wristwatch, a cheap Timex
but that nonetheless had a luminous dial: it was only 7:30. Lying
in the children's bed she could see the sky and two stars through
the grate on the window and nothing more; everything was silent.
She listened closely to see if she could hear the rumbling of the
eighteen-wheelers that make the Interstate 5 run each night, but

she couldn't hear a thing. She didn't quite know where she was nor have any idea about what was happening, but soon enough her tiredness called her to sleep.

She woke up with a start when she heard someone pounding on the door. At first she thought she was back at her apartment in Leucadia, but then she saw María get up, go to the door and let in an agitated Margarita. She was a young *india*, a girl fourteen or fifteen years old, talking in a mixture of Spanish and her native language that Susana couldn't quite make out. María told Margarita to calm down, and asked her to sit down while she finished milking the cow and making up breakfast. But after drinking some water, Margarita started telling us what all the excitement and talk was at the *ranchería*.

—There's talk that there are white soldiers coming from over the mountains; they've crossed the desert and they're coming to finish the Californios. And they told our chief that the Indians over in San Bernardino are siding with the white soldiers to put an end to the Californios' tyranny. We have to leave this place, 'Ña María.

—*Cálmate, Margarita.* What are you talking about. It can't be.

—Yes, yes, 'Ña María. All the people at the *ranchería* are this very minute meeting in council to decide whether to side with the white soldiers or with the *mexicanos*. My mother said to me, 'Margarita, 'Ña María has been good to you, you go over there right now and warn her and then come right back.' What are we going to do?

Could it be that these were Kearney's troops on the march? One hundred and fifty years later! I was about to say something about the date when Margarita saw me; she, like the others, reacted as if I were a ghost, and ran to hide behind María.

—Don't worry, Margarita, it's just a stranger who's on her way north. But listen to me carefully, if what you say is true, we have to get ready to leave right away. Help me get things ready; we'll leave and take the children to Santa Barbara where my husband is. You will come with us, won't you?

Margarita started to put some clothes and things in a leather satchel while María went outside and milked the cow. They'd take some milk with them and tie the cow to the wagon; the two calves would follow behind her. They couldn't just leave her, or else, what would they have to give to the children. I got up and asked what I could do to help.

Outside María finished milking the cow; I emptied the milk in a ceramic container and covered it with the cork María handed me. I was helping her hitch the horses to the wagon when we heard riders approaching. It was David, María's husband with his two *vaqueros*. María ran to hug him.

—Ay, David. I'm so glad you came. They say there are *gringo* soldiers coming from the desert and that they've crossed the mountains already. We have to leave as soon as possible.

—Calm down, calm down a bit, woman. What were you doing? Hey, Juan, over here. Move that wagon away and unharness those horses.

But Juan was busy that very moment whispering in his own language to Margarita over by the corral. The other *vaquero*, unharnessed their three horses who had arrived tired and thirsty and were now drinking at the water tank.

—Who is that?—David said to María, as he looked at Susana from top to bottom but did not say a word to her.

—She's a stranger who stopped by; she's on her way north. But tell me, David, what have you heard about this over in Santa Barbara? What truth is there in all of this?

—Well, I can tell you that in Santa Barbara the word is that the *gringos* are on their way. They've already taken Sonoma and Vallejo and his brother have been imprisoned over at Fort Sutter.

26 Someone from up north said that there is a U.S. Navy ship in Monterrey Bay ready to invade. And while I was in Santa Barbara someone else was saying that Pío Pico had been there with his troops on his way north to fight Castro when he heard that the invasion had started and that Vallejo had been taken prisoner. Pico then turned around and headed back south to Los Angeles and they say that Castro is headed this way too to join forces with Pico and mount the resistance from Los Angeles. As soon as I heard all of that, I finished up my business in Santa Barbara and we headed back here. But let's go inside. I'm as hungry as a horse.

María heated up some milk for them and served it to them along with some bread left over from last night.

—No, David, really we have to leave, *en serio*. We have to go, we can't let them find us here all alone; it's best that we all go to Santa Barbara. Besides, the local *rancheros* are probably getting together right now to fight the *gringo* forces. We can't have a repeat of what happened in Texas take place here.

—No, no, María. We'll be fine here. Don't worry. Besides, what do we care whether the *gringos* or the Mexicans are in power? The important thing is that we're all right; they have no quarrel with us. Remember, I'm a *gringo* too.

—*¿Qué dices?* Have you gone crazy or something. What do you mean it doesn't matter? *Ay*, David Johnson. You'd better not let my father hear you saying such things. Or don't you remember that you had to become a Mexican citizen so that we could be married? As far as I'm concerned, I'm leaving right now and taking the children with me. Margarita's coming with me to Santa Barbara too. When we get there we'll stay at my brother's place.

María went back outside to finish harnessing the horses and Margarita and I followed her. We put the satchel and some blankets in the wagon. At that point she decided to leave the cow be-hind, but told us to bring what was left of the milk and bread and some toasted corn she had in a little sack. I looked around for my backpack and got ready to leave with them. María called to the two boys and they ran to jump into the wagon, excited at the idea that we were going for a ride. That's when David came back out of the house with a mean, badger-like expression on his face that for some reason reminded me just for a second of Adrián.

—Stop right there. Are you crazy, María? I told you we're stay-ing and that's the way it's going to be. Since when do you dare go against my wishes?

He grabbed her by the arm harshly and threw her to the ground. He took off his belt and with a "I said you're not going anywhere, you get inside that house right now if you don't want me to whip you right here" he hit her. I don't know quite how it hap-pened, but I took hold of a post that was next to the corral and yelled at him, "If you touch her one more time, I'll crack your head open with this." He laughed and started coming over towards me to take the post from me; I knew he'd overpower me. I moved away from him and as I dodged his approach I reached into my backpack, rummaging around until I found the little case, my little can of mace that I always took with me, just in case. When he was close enough to me I sprayed his face and chest and then saw him go off, half blind and screaming, towards the water tank. Let's go now, *rápido,* I said to María as I helped her up from the ground.

The three of us got into the wagon with the children and with-out saying another word took off from the *ranchito* as fast as the horses would carry us, fearful that at any moment they'd catch up to us and try to stop us. By now the children were scared too; one was crying in María's arms and the other one wouldn't let go of her skirts. We had gone three miles or so when we heard a horse coming up behind the wagon. Margarita was driving. María and I looked at each other, as if saying, what do we do now, what are we going to do?

—Faster, Margarita, *pícale*. They're getting closer.

The rider soon caught up to the wagon. It was Juan.

—'Ña María, I just couldn't let you go off all by yourselves. I'm going with you to Santa Barbara.

Margarita smiled. We kept moving, but were a lot calmer now. There was still a long way to go before we got to Santa Barbara.

—We'll have to spend the night out here in the forest, but tomorrow, by afternoon at the latest, we should be at the mission and we'll send word to my brother Nacho for him to come for us, that is, if he hasn't left already to join up with the Californio forces. In any event, if that's the case, we'll stay at the mission until he comes back. We have to do something, even if it's only to help and make cartridges. But tell me, *niña,* what was that you threw at my husband David's face that made him yell so much?

—It's a spray, something you use to defend yourself with . . . sort of like a handful of pepper, that I threw at his eyes.

—Whatever it was, I thank you, I really thought he was going to beat me back there and make me stay. I want to be more like you, *sabe?* I want to learn to defend myself. So it was pepper? Well, those must have been some hot peppers by the way he was stamping about and splashing water and more water on his face.

In spite of how scared we all were, the three of us just started laughing and finally even the children and Juan joined in.

As the day wore on, the road became more and more uncomfortable and by dusk we started thinking about where we could camp for the night. The idea of sleeping out didn't really frighten us. Juan went on ahead and after a while he came back and said there was a lean-to a bit further up, probably some shepherd stayed there during the summers. It was just a makeshift roof made of some branches, but it had two sides and offered some protection at least. The children finished off the milk and we divided what was left of the bread among ourselves. Juan pulled out a cheese he had bought in Santa Barbara and with that and the bread we had ourselves a banquet.

It was early morning when they heard it was sprinkling and when they got up they found everything draped in a dense fog. They hitched up the horses and the sun started peeking through as they continued west. The forest they were riding through was incredibly lush with all sorts of green ranging from the deepest darkest shades to light lemony ones. It must have been around eleven o'clock when Susana looked up ahead and saw a flatter plain and what she thought looked like a highway. She asked María to stop the wagon to rest for a bit so that she could be sure. She hopped off the wagon saying, "I'll be right back" as if she were going into the bushes to pee or something. Once on the ground she started to run southward, in the direction of where she thought she'd seen the road. Once out of the forest she kept running until she was out of breath; when she turned and looked back she saw that the forest and the wagon were becoming lost in the fog. She ran some more and started to make out a stream of cars and trucks on the highway, some still with their headlights on. What highway could this be? the 101? It couldn't be Interstate 5, no, that had to be far east of where she was now, that is, if her sense of direction wasn't totally screwed up by now. The truth was she really had no idea of where she was. She came to a fence, crossed over it and saw that about five hundred feet ahead there was a car by the side of the road. Yes, it was blue, like hers. She started running again and when she came up to the car she saw it was indeed *la carrucha;* her leather jacket and her suitcase were there too. She got her car keys out from her backpack, opened the door and got inside.

Sitting behind the wheel she breathed deep and tried to get her bearings; she felt she was back in her world. She tried to relax for a moment and closed her eyes; it was then that she heard steps on the gravel and looking at the rear-view mirror she thought she saw a man dressed in a uniform approaching the car. One of the *gringo* soldiers she thought. She immediately opened the car door and found herself in front of a highway patrolman.

—Your license and car registration, please, Miss.

Suddenly her relief turned to fear when she thought of the young girl that had been killed by the patrolman and dumped by the side of the road. As she rummaged through her backpack looking for her wallet and license her fingers came upon her can of mace. She got the license out and handed it to the patrolman. While he looked at it Susana noticed the patrolman's nameplate over his left chest pocket: David Johnson.

—Need any help here?

The highway patrolman used a portable air pump to fill up the tire and then followed her to the next gas station about ten miles up ahead; there he turned his car around and got back on the highway. Susana asked the attendant if she could get the tire fixed but when he started to hem and haw about the mechanic not coming in until 8 A.M., she decided just to buy a new one and have it installed.

Back on the road again Susana started looking at the road signs, hoping to find something that indicated that there was a forest or park in the area; she realized, however, that she was on a rather arid flat plain, there wasn't a forest or park to be found for at least 100 miles around this area. At least not nowadays, anyhow. Off to the west she could see some mountains, but nothing green between here and there.

She was totally at a loss, she didn't understand anything, *nada*, of what had taken place. Her head felt thick, hollow-like. Could I have fallen asleep on the side of the road? I'm not so stupid so as to have done that, but then, what *had* happened? I just can't figure it out.

She tried and tried to make some sense of it and still she wasn't convinced. On the other hand she felt she needed to know what had happened to María and Margarita; had they and the children made it to the mission. On her way back, she thought, instead of coming down on Interstate 5, she'd drive back on 101 and stop at the Santa Barbara mission. Maybe there'd be some notation in the mission archives, some document that mentioned María's arrival; or maybe she'd look at the wedding register to see if there was a record of the wedding between Margarita and Juan. And what about María? Had she had to go back to her husband? Did she maybe ask for a divorce after 1848 and was it granted to her? With her two children? Well, anything was possible.

Up ahead she saw the signs indicating the turnoff for Highway 41 heading towards Fresno. To think that all this land had belonged to the Californios; these thoughts kept turning in her head, but finally she said to herself there's no point in dwelling on it. In twenty years or so, twenty-five at the maximum, it would go back to being theirs, and belong to Latinos. Behind her lay Leucadia, and even further back, Adrián; ahead of her, *quién sabe,* who could know. For now all she knew was that she was headed towards the nineteenth century, that is, towards the Bancroft library documents

32   and the records at Sonoma. She was already nearing the outskirts of Stockton when she took the 580 turnoff and headed northwest towards Berkeley. There, on what had been the lands of Rancho Peralta, a university campus had been built, the University of California, a place that eventually in time would be ours once again.

Desvíos en el camino

La discusión como de costumbre empezó por cuestiones políticas. Susana había insistido y se había puesto firme, defendiendo a las mujeres solteras con familia que piden ayuda pública y él, como conservador que era en el fondo, las culpaba del atraso de la gente latina. "Welfereras," las llamaba despectivamente, diciendo que deberían atarles los tubos para que no pudieran tener más familia; tenían hijos nomás para recibir ayuda; lo que había que hacer era ponerlas a trabajar.

Al principio pensé que buscaba camorra o que lo decía sólo para provocarme; sabía qué botón apretar y que yo me alteraba enseguida. Pero cuando pasamos al asunto de la propuesta 187, entonces sí se puso fea la cosa. Adrián estaba furioso conmigo.

—Por qué hemos de costearles la educación y ofrecerles servicios médicos a los que se cruzan nomás. A veces los que solicitan la ayuda hasta son gente de clase media del otro lado.

—Bueno, siempre ha de haber quien quiera sacar ventaja, pero ésas son las excepciones. La mayoría de la gente indocumentada trabaja, paga sus buenos impuestos, y vive acá. Y quién me niega que como mano de obra barata les dejan sus buenas ganancias a las compañías que los emplean; es más, si vienen es porque acá los ocupan, los necesitan, los necesitamos, pues. Nada más justo que reciban esos servicios, como cualquiera. Y tú, como inmigrante, aunque te hagas pasar por latino cuando te conviene, deberías entenderlo.

Y por allí siguió la cosa hasta que yo, fastidiada ya, me levanté para irme. Y él, poniendo cara de tejón malencarado, ahora no te vas, qué te has creído la muy izquierdista de mierda, siempre queriendo corregirme; no me vas a dejar con la palabra en la boca. Y yo me le zafé y él me agarró del brazo y me estrujó; me tiró en el sofá y se me echó encima; yo comencé a forcejear y él a quitarme la ropa.

Ya de madrugada desperté en la cama y sentí su pierna encima de la mía. Y cuando me acordé, me entró una rabia tremenda, pero ya no tenía caso; tenía que irme. Lentamente me moví para no despertarlo, me bajé de la cama, me vestí y me fui. No he de volver nunca más a la casa de Adrián. Eso se acabó, Amalia. Cuando llegué a mi apartamento vi que tenía los brazos llenos de moretones. ¿Te das cuenta a lo que ha llegado la cosa, Amalia? Recogí mis cosas para el viaje al norte y me vine. Sí, sí, te estoy llamando de la carretera; ya voy por Santa Ana; voy a llegar a la casa de mi mamá primero y de ahí salgo para Berkeley. Claro, el güero me insistía que no fuera, ¿te imaginas? En serio, la cosa con Adrián se acabó; de aquí en adelante haré lo que yo vea que tengo que hacer. Sí, sí, voy bien. Te llamo a la vuelta. Ciao.

Susana siguió manejando al norte por la autopista 5 hasta llegar a la 101. En la salida de Echo Park se dirigió a su casa. No había nadie; su madre estaba en el taller de costura, su hermano en la es-

cuela. Su padre andaría por la línea de fierro que va a Santa Bárbara; como trabaja para el ferrocarril siempre tiene que salir de la
ciudad con el equipo que cambia tallas o instala cruces o semá-
foros. Susana se fue derecho al baño; después de lavarse las manos
y la cara se dio cuenta de que tenía hambre; no había comido nada
desde anoche; decidió ver qué había en el refrigerador. La casa estaba vacía y en silencio, pero afuera se oían los perros, los pájaros,
y de vez en cuando el pitar de un tren en los traques de la Taylor
Yard. Miró por la ventana y vio un par de ardillas que se peleaban
y que corrían por los cables eléctricos; era un barrio viejo, no como
el de Leucadia, donde tenía ella su apartamento y todos los cables
eran subterráneos. En Leucadia, con todo y ser una residencia
nueva, se sentía sola; aquí en cambio se sentía a gusto, aunque no
hubiera nadie en casa. Tal vez debería haber estudiado en Los Angeles y no en San Diego. Pero ya para eso era tarde.

Se terminó el sandwich y le escribió una nota a su mamá, diciendo que había pasado por allí, que iba al norte y que cuando llegara allá le llamaría. Se la dejó al lado del teléfono para que la viera.

Como todavía era medio temprano, no le tocó todo el embote-
llamiento de la tarde. La carretera 5 pasa por una zona bastante
montañosa al norte de Los Angeles hasta desembocar en el Tejón
Pass. Con tanta curva y con tanto camión enorme en la carretera,
le resultaba difícil concentrarse y repasar el plan que se había hecho para la semana de investigación; el tráfico no era lo único que
la distraía; su problemática personal la seguía molestando. Lo peor
era la rabia consigo misma por aguantar demasiado; por más
que tratara de darle otro color, en su relación con Adrián no podía
negar que había abuso psicológico, de eso ya hacía rato, y ya se
lo había señalado Amalia; y ahora ya era también físico. ¡Cómo
podía ser tan estúpida! "Me está llevando la puritita chingada,"

se dijo, mientras ponía un casette; comenzó a tararear una canción brasileña con Joao Gilberto. No, si este güero desgraciado, como buen latinoamericano, hasta se burlaba de su español.

Más adelante vio el letrero que decía que se entraba al Rancho Tejón. En algún lado había leído que había sido un rancho inmenso que abarcaba más de 96,000 acres. Fue otorgado en 1843 a Ygnacio del Valle y a José Antonio Aguirre por el gobernador Micheltorena. Pero lo único que quedó de todo ese período mexicano fue el nombre, Tejón Pass y Fort Tejón. Para 1854 toda esta zona había pasado a ser un fortín del ejército estadounidense. El Fort Tejón serviría para controlar a los indios, que fueron desposeídos de sus tierras y mandados a la Reserva Tejón. Ya después de la guerra civil norteamericana, el fortín fue abandonado y ahora es un parque histórico estatal; la mayoría de los que por allí pasan ni siquiera saben lo que es un tejón.

Susana viajaba en su Honda viejo, un *hatchback* azul plomo que quería demasiado como para pensar en re-emplazarlo, aunque últimamente le estaba resultando caro: repuesto de válvulas, radiador, generador, arranque, cuatro llantas nuevas, etc., etc. Pero así y todo le salía más barato que uno nuevo y mientras no terminara la carrera, lo mejor era arreglar a "la carrucha," el apodo que le había puesto al auto en broma, y no meterse en deudas mayores.

La aguja ya marcaba que "la carrucha" iba a necesitar gasolina, pero una vez que salió de la última cañada de la zona montañosa no vio más que llano seco. Un poco más al norte divisó el aviso de una gasolinera y decidió salirse de la carretera porque el letrero *"Next services 30 miles"* al lado de la autopista le prevenía que ya no habría otra por treinta millas. Todavía le faltaba bastante trecho para llegar a Berkeley, de donde iría después a Sonoma, para ver la antigua casa de Mariano Guadalupe Vallejo, uno de los californios del siglo diecinueve, famoso en el estado dizque por su apoyo a los gringos. En Sonoma tenía Vallejo su mansión *"Lachryma Montis,"* casa que perdió también, como todo lo demás, y que hoy es un museo y todo; por fiarse de los gringos, decían sus amigos y enemigos. Pensar que el que parecía ser el más inteligente hubiera también sido el más tonto era casi increíble.

A Susana le apasionaba el siglo diecinueve; tal era que había decidido escribir su tesis doctoral en historia sobre las consecuencias de la invasión y conquista de California en 1846. En particular le interesaba el despojo que llevaron a cabo los norteamericanos tras la invasión del territorio y de allí que le interesara conocer a fondo la vida de Vallejo. El acto filibustero, el llamado *Bear Flag Revolt,* la revuelta de los de la Banda del Oso, hombres manipulados por Fremont, había llevado al encarcelamiento de Vallejo, su hermano Salvador, su secretario y otros más. Todo eso era más que bien conocido, así como su supuesta adhesión a los Estados Unidos, pero no así lo que había acontecido después. En las pocas cartas de su mujer, Benicia Francisca Carrillo de Vallejo, salía a relucir el otro Vallejo, que ya de viejo había perdido una gran fortuna y que murió amargado y empobrecido.

Lo que ella quería trabajar en su tesis era la idea de que ese hombre y su familia eran como una metáfora de lo que les había acontecido a los californios y eso era lo que quería investigar en más detalle. Ya el verano anterior había pasado varias semanas fastidiándose los ojos viendo documentos en la biblioteca Bancroft en Berkeley y ahora, en la primera oportunidad que había tenido al terminarse las clases del trimestre de invierno, quería volver a la biblioteca en Berkeley para ir después hasta Sonoma, donde examinaría la biblioteca personal de Vallejo, así como el Rancho Petaluma y otros sitios en la zona.

En la gasolinera llenó el tanque y antes de subirse se enteró de que la llanta delantera del lado derecho estaba casi sin aire. Por ir pensando en lo suyo se había distraído. Fue el encargado de la gasolinera que salió a cobrar el que le hizo ver que la llanta estaba ponchada. Le mostró el clavo y acto seguido le dijo que tampoco tenía cómo reparar la llanta allí. Ahora sí se ponía bonito el asunto porque Susana no traía repuesto en el baúl; como las llantas eran nuevas, se había confiado demasiado. El de la gasolinera le llenó la llanta de aire y le aconsejó que no se subiera a la carretera porque así como estaba no podía asegurarle que aguantara más de diez o quince millas de camino. Le señaló con el dedo el camino que pasaba frente a la gasolinera y le sugirió que siguiera al este a un pueblecito, Chapi, que quedaba como a quince millas de allí. Tal vez allí habría mecánico y podrían ayudarle. Susana buscó en el mapa pero el nombre no aparecía; pensó que sería lo que se dice un hoyo en el llano y entonces sí, estaría más que perdida. Decidió no hacerle caso al chico de la gasolinera, que además parecía estar más interesado en volver a ver la tele que había dentro de la tiendita, y pensó volver mejor a la carretera principal. Por allí, por lo menos pasaban patrulleros, camioneros, y a veces remolcadores.

A las veinte millas no tuvo que bajarse de "la carrucha" para saber que la llanta estaba totalmente desinflada; se orilló y oyó crujir la grava. Bajó. En efecto, la maldita llanta la había dejado diez millas antes de la siguiente gasolinera. Decidió tratar de inflar la llanta con su bomba para llantas de bicicleta, pero por más que bombeaba, la llanta no se inflaba. Decidió entonces llamar a la Triple A, el servicio automovilístico, pero el teléfono celular no le funcionó. La batería no podía andar mal; probó de nuevo pero había mucha interferencia; tal vez las montañas interferían. Mientras tanto, a su lado se deslizaban los autos y camiones a toda velocidad y ni quién fuera a pararse. A lo lejos, tal vez como a una milla, divisó una casa rodeada de árboles y como ya iban a ser las cinco y pronto oscurecería, decidió dirigirse al ranchito; seguro que allí habría teléfono. Tomó su morralito de cuero, abrió la guantera para sacar un estuchito, cogió unos kleenex, y guardándolo todo en el morral, cerró las puertas del auto con llave.

Con el morralito al hombro, cruzó la cerca de alambre y comenzó a caminar por un terreno seco, resquebrajado, sin hierba siquiera. El ranchito debía estar al norte del Fort Tejón, A cada paso, sin embargo, la casa parecía estar más distante de lo que había supuesto al verla desde la carretera. Iba inquieta; el tiempo y el espacio como que se alargaban. Por más que trataba de caminar rápido, como era su costumbre, no podía; tenía los pies de plomo y caminaba como en cámara lenta. Y no era que la cansara la caminata, si Susana estaba acostumbrada a correr cada fin de semana y a caminar diariamente, pero por más que se daba prisa no avanzaba como quería. Volteó para ver cuánto había caminado pero ya no vio la carretera.

Por fin llegó a la arboleda de robles y uno que otro chaparro y se fue por una vereda, empedrada a tramos, que daba a la casa. A la distancia la casa parecía de *stucco* pero ya de cerca vio una casa de adobe, como algunas que había visto en Las Cruces, Nuevo México, en La Mesilla, igualitas a las que habían hecho en el cuarto año de primaria cuando estudiaban las misiones de California pero nada de los californios. El lado que daba al frente no tenía ventanas y la puerta era de leños, al estilo pionero. ¿Habría llegado a un museo? Más bien sería una tiendita de artesanías indígenas, como ésas que había por toda la carretera 10 en Arizona. Le sorprendió que no hubieran prendido las luces puesto que ya iba oscureciendo.

Tocó a la puerta y esperó; como nadie atendía tocó de nuevo. De repente oyó las voces y risas de unos niños. Parecían venir de algún patio trasero. Decidió dar la vuelta y llegó a un pequeño estanque donde una mujer bañaba a sus dos hijos. Al lado del estanque había un corral y dentro había dos caballos; más allá en otro pequeño corral divisó una vaca con dos becerros. Un poco más al este se veía un jardín de hortalizas. Le llamó la atención que ni los corrales ni el jardín se vieran de la carretera.

La mujer parecía ser mexicana. "Buenas tardes," le dijo al acercarse. La mujer se sobresaltó y los niños dejaron de reírse. Los tres la veían como si se tratara de un espanto. Susana lo percibió de inmediato y trató de calmarlos diciendo de nuevo, "Muy buenas tardes. Se me ha descompuesto el carro allí en el camino y pensé que podría usar el teléfono para llamar al servicio de la Triple A."

Ninguno de los tres le contestó. Susana se acercó más y dirigiéndose a la señora,

—Aunque le parezca raro, me vine caminando de la carretera porque pronto va a anochecer y no quería que me agarrara la noche sola en la carretera.

—¿Adónde va?

—Pues, pienso ir hasta Sonoma, si es que llego.

—Disculpe, Ud. no es de por acá, ¿verdad? Porque viste de una manera muy rara.

Susana se fijó en lo que llevaba puesto, la ropa de siempre, sus *blue jeans,* un suéter, zapatillas y su morral al hombro.

—Digo pues, porque lleva pantalones como hombre, pero no como los que se usan por acá, y su chamarra, yo nunca vi una como la suya. Ni zapatos como ésos tampoco, ni aún en Monterrey.

La mujer sacó a los niños del estanque y los comenzó a secar con una frazada. Los enredó a los dos en ella y se dirigió a la casa.—Venga, pase, y Ud. dirá en qué le puedo servir.

Susana entró por la puerta de tablones y se dio cuenta que la cabaña era de leños cruzados por dentro y emplastada de adobe por fuera. En la chimenea ardía el fuego y fue cuando se dio cuenta que, en efecto, ya comenzaba a sentirse el frío. Luego se fijó que sobre

el fuego, suspendida por cadenitas, había una olla cubierta de tizne
que humeaba. Qué bien les había quedado esta reproducción de la
vivienda rústica estilo siglo diecinueve, se dijo para sus adentros.

—A Sonoma dice que va. Pues, allí el fuerte es Vallejo; dicen
que controla a muchos miles de indios y que si quiere, nomás da
la orden, y pueden bajar a invadir todo Monterrey.

—Eso sería en otros tiempos.

A Susana le hizo gracia la puntada, pero quedó impresionada a
la vez de que esta mujer allí en medio del llano estuviera tan enterada de la historia de California. Luego discretamente miró a su
alrededor en busca de un teléfono. En esa casita no había televisor,
ni radio, y al parecer, tampoco había teléfono.

—Disculpe. ¿No tiene teléfono?

—¿Y eso qué es, niña? Pero qué anda haciendo Ud. sola por estos montes. O ¿es que anda con otros? ¿Acaso la esperan por allí?

—No, si ando sola, pero como ya va a anochecer, pensé mejor
pedirle que me dejara usar el teléfono para que me manden un
camión de servicio.

La mujer la miraba de reojo mientras con una mano meneaba la
olla y con la otra le ayudaba al más chico a vestirse.

—Mire, por acá ahorita no hay quien le ayude. Mi marido anda
para Santa Bárbara, vendiendo unos cueros y botas de sebo. Me
dejó con la india Margarita, pero tan pronto como se fue mi
marido esta mañana con los dos indios, ésta aprovechó para irse a
visitar su ranchería que no queda muy lejos de aquí. Ella es de los
indios emigdianos, sabe. Y yo, como sé que hace tiempo que está
deseosa de ir, no le dije nada. Aunque ahora que va anocheciendo
me va entrando miedo, y es que no me gusta quedarme sola aquí
con los niños nomás. Por eso cuando la vi, así muy de repente, me
asusté. Es la primera vez que me quedo sola.

Allí por lo visto vivía una familia que había decidido romper con todo lo moderno; a lo mejor eran miembros de alguna secta religiosa o de una de esas milicias, aunque en general los que se iban a vivir al monte y se armaban con rifles, dagas y provisiones, como para pasar todo un año, eran los clanes racistas, los blancos de derecha que se escandalizaban porque el número de latinos y asiáticos iba aumentando cada día más en el estado. Pero, no, allí no parecía haber abundancia de nada. Había un machete cerca de la chimenea y un rifle antiguo, como de museo, en la pared. Pero ya eso del sebo y de los cueros no tenía sentido, a menos que fueran cueros de víbora o tacuache o de conejo, o tal vez de algún tejón o gato montés. Allí no parecía haber ganado en grande, a menos que anduvieran pastando en algún valle más verde, porque esto estaba medio yermo.

—Así que no tiene teléfono.

—¿Tele qué? . . . ¿Y eso qué es, niña? Acérquese al fuego para que no tenga frío porque ya la veo titiritando.

Se sentó en una pequeña silla de cuero, como una que había visto en México. Era silla para niño pero le vino bien sentarse un rato después de tanto caminar.

—¿No nos acompaña? Venga y sírvase un plato de caldo.—y le pasó un plato de peltre y una cuchara de palo.

Pensó decir que no, gracias, pero de repente el olor a cebolla y papa le abrió el apetito y aceptó agradecida. Como ya oscurecía la mujer encendió una vela y por primera vez Susana recordó que al acercarse no había visto ningún alambre de electricidad en la zona. Y aquí ni modo que estuvieran subterráneos como en Leucadia. Viven como hermitaños. La mujer está vestida de falda larga y blusa de manga larga también, cerrada hasta el cuello. A los niños claramente se les corta el pelo en casa y la ropa tampoco es de tienda. Seguro son de alguna secta mennonita o algo por el estilo.

—Dígame, ¿qué dice que le pasó?

—La llanta; se me ponchó la llanta.

La mujer frunció el ceño; se veía perpleja.

—Sí, por allí debo haber agarrado un clavo y como no traía repuesto, me he quedado a medio camino.

Vio que no entendía.—La llanta, o sea, la rueda del carro, se me estropeó.

—Ah, ahora sí le entiendo, pero ¿qué?, ¿dejó los caballos con la carreta? Uuyy . . . mala cosa, para mañana no han de amanecer. A los indios de por acá les gusta la carne de caballo, pero como saben que mi marido es amigo del alcalde de la ranchería no se atreven a llevarse los nuestros. Pero cualquier animal que vean solo por el monte son capaces de llevárselo.

Susana pensó en la tonadita asociada con el programa del "Twilight Zone." pero no dijo nada. Había una sola ventana en la cabaña y vio que en vez de vidrio tenía reja de metal. Al ver que la noche caía, decidió pedir albergue.

—Oiga, señora, si no es mucha molestia, ¿podría quedarme aquí hasta mañana? Como ya anocheció, me da miedo volver a la carretera sola.

—Por supuesto, niña, puede quedarse. Así me hace compañía a mí también. Margarita ha de volver para mañana en la noche, a más tardar, porque sabe que Juan, el indio con quien piensa casarse, se va a enfadar muchísimo si sabe que se ha ido a su ranchería. El no quiere que tenga contacto con los suyos porque son de una ranchería enemistada con la de él. Pero ella tiene mucho rato de no ver ni a su mamá ni a sus hermanos. ¿Le sirvo un poco más de caldo?

El pedazo de pan duro que le ofreció le resultó exquisito con el caldo. Al hecho, pecho, se dijo, y decidió averiguar quiénes eran los que vivían allí en esa casa. ¿De qué secta serían? Seguro de una de ésas que rechazaban todo lo moderno, o que se retiraban de

44 todo al acercarse el milenio, pensando que se acercaba el fin del mundo.

—Me llamo Susana y soy de Los Ángeles, ¿y Ud.?

—Así que de Los Ángeles. Pues yo soy María del Valle, de Monterrey. Allí mi padre tiene su casa, su huerto y unas cuantas cabezas de ganado que pastan en lo comunal. Mi padre es también ebanista y hace muebles. Esta mesa la hizo mi padre. Vea qué fuerte es. Y vea por aquí, tiene talladas unas flores. Mi papá ya se está poniendo algo viejo pero fue uno de los primeros indios conversos que aprendieron a hacer trabajos manuales con los padres y a leer y a escribir. Después de que fracasó la revuelta de indios en Santa Bárbara, en la que él anduvo más que metido, le condenaron a vivir en Monterrey y tuvo que dejar de tratar a los otros indios. El gobernador Solá, que resultó ser el último gobernador español, le dio un solar grande en Monterrey y allí prosperó y diez años después se casó con la hija de un californio, cosa poco vista, como Ud. sabe. Porque es común que los californios se arrejunten o se casen con las indias, pero éste es el único caso, que yo sepa, de un indio casado con una californiana, o sea, con gente de razón, porque mi madre es bien blanca de tez, aunque es mestiza, y él, en cambio, es prieto. Como mi padre era uno de los más inteligentes en el pueblo, y—¡cómo no iba a serlo si se había criado bajo la tutela de los frailes!—sabía leer y escribir, y hasta latín, y llegó a ser alcalde de Monterrey; y como tenía casa, jardín, y ganaba para los gastos, pues nadie se opuso, ni el misionero. Como dice mi mamá, la buena posición económica lo destiñó, o sea, lo hizo blanquito y californio.

Me quedé viendo las trenzas cruzadas de María y el cucharón de madera que tenía en la mano; cuando volteó me sonrió y me sirvió más caldo. Yo, la verdad, me sentía desubicada, como fuera del tiempo. A lo mejor estaba soñando. Pero no era posible; estaba

bien despierta. ¿Una secta religiosa? Si no, ¿qué? ¿Sería posible que
realmente existieran los llamados *time warps?* Yo me quedo con
Prigogine; creo en la flecha del tiempo, que va en una sola dirección, y no hay vuelta que darle. Pero a lo mejor tanto leer a Borges
el trimestre pasado para la clase de lengua que tuve que enseñar ya
me tiene trastornada del cerebro, porque yo no me trago esas pendejadas metafísicas de los distintos espacios en el tiempo.

—Y, ¿cómo fue que se vino de Monterrey aquí al Tejón?

—Cuando me casé pedimos un poco de tierra y nos dieron acá
en el área del Tejón, cerca de la propiedad de un primo de mi
madre, que es de los del Valle de Los Angeles. A lo mejor Ud. los
conoce. Bueno, como le decía, como mi marido David llegó a Alta
California de Boston, para casarse conmigo tuvo que hacerse ca-
tólico y mexicano. Así fue que pudimos pedir una concesión de
tierra y el gobernador Micheltorena nos la concedió.

—Oiga, y ¿Ud. conoce a Vallejo?—Susana se sorprendió de su
propia pregunta; había entrado ya en el juego, casi sin darse
cuenta.

—Tanto como conocerlo, no sé si pueda decir. Lo he visto
varias veces porque mi padre le ha hecho varias piezas para su casa
allá en el norte. Lo que sí dice mi padre es que Vallejo es uno de
los hombre más instruidos e inteligentes de Alta California, pero
también dice que es bien arrogante. Mire, le voy a dar unas colchas
para que se acueste en la cama de los niños aquí cerquita del fuego,
y yo los acuesto a ellos aquí conmigo.

Susana le ayudó a levantar a los niños que ya dormitaban para
acostarlos en una cama grande cubierta de lo que parecían pieles
de res. Después salieron al estanque a lavar los platos; para entonces ya venteaba un aire frío y Susana se arrepintió de no haberse
traído la chaqueta de cuero del auto. Había luna llena y pudieron
salir y entrar de nuevo sin llevarse la vela que alumbraba la cabaña.

María atrancó la puerta y se fue a acostar con los niños que ahora ya estaban profundamente dormidos. Para Susana era muy temprano; trató de ver el reloj pulsera, un Timex de esos baratones pero que tenía una luz que se prendía si le tocaba uno un botoncito; eran sólo las 7:30. Recostada en la camita de los niños se puso a mirar por las rejas de la ventana; se veían dos estrellas y nada más; todo era silencio; escuchó atentamente para ver si oía el ruido de las caravanas de camiones de transporte que de noche hacían el recorrido de sur a norte por la carretera 5, pero no oyó nada. No sabía dónde estaba ni qué estaba pasando pero por último el cansancio la dominó y se quedó dormida.

De mañana despertó de golpe al sentir que alguien llamaba con fuerza a la puerta. Se despertó sobresaltada, pensando que estaba en Leucadia y vio que María abría la puerta para que entrara Margarita. La india, de unos catorce o quince años, entró agitada, diciendo cosas medio en español y medio en una lengua indígena, y no se le entendía nada. María le pidió que se calmara, le dijo que se sentara mientras ella ordeñaba la vaca y preparaba el desayuno. Pero Margarita, una vez que tomó un poco de agua, le comenzó a explicar lo que había oído en la ranchería.

—Dicen en la ranchería que están llegando soldados blancos que vienen del otro lado de la cordillera; que han cruzado el desierto y vienen a acabar con los californios. Ya le han avisado al alcalde de la ranchería que los indios de la zona de San Bernardino se unen con los blancos pa' acabar con la tiranía de los californios. Tenemos que irnos, 'ña María.

—Pero, cálmate, Margarita. ¿Qué cosas dices? No puede ser.

—Sí, 'ña María, la gente de la ranchería está 'horita reunida pa' ver si nos vamos con los gringos o con los mexicanos. Y mi mamá me dijo, 'ña María ha sido buena contigo; vete a avisarle y luego te vuelves prontito. ¿Qué vamos a hacer?

¿Sería posible que estuvieran llegando las tropas de Kearney?
¡Ciento cincuenta años después! Estaba por preguntar algo sobre
la fecha cuando Margarita me vio; también ella se asustó, como si
viera un espanto, y se fue a esconder detrás de María.

—No te preocupes, Margarita, que es una forastera que va
rumbo al norte. Pero mira, si es verdad, tenemos que prepararnos
para salir cuanto antes. Ayúdame a preparar las cosas y nos vamos
con los niños a Santa Bárbara, a donde se fue mi esposo. Tú por
supuesto te has de venir conmigo, ¿no es cierto?

Comenzó Margarita a meter un poco de ropa en una petaquita
de cuero mientras que María ordeñaba la vaca. Se llevarían la leche
en un jarrón y atarían la vaca a la carreta; los becerros la seguirían.
No podían dejarla allí, porque si no, ¿qué le daban a los niños? Yo
ya de pie salí a ver cómo ayudaba.

Afuera María terminaba de ordeñar la vaca; vacié la leche en el
jarrón y lo tapé con el corcho que me alargó María. Luego le ayudé
a ponerle la cabezada a los caballos y ya estábamos a punto de su-
jetarlos a la carreta cuando oímos que alguien venía. Era David, el
marido de María, con dos vaqueros. María corrió a abrazarlo.

—Ay, David. ¡Qué bueno que llegan! Que dicen los indios que
vienen unos soldados gringos por el desierto, que ya vienen cru-
zando la cordillera. Tenemos que salir de aquí lo antes posible.

—Cálmate, cálmate, mujer. Pero ¿qué estaban haciendo? A ver,
Juan, retira esta carreta y suelta esos caballos.

Pero Juan estaba ocupado en ese momento cuchicheando en su
lengua con Margarita cerca del corral. El otro vaquero desensillaba
los caballos que habían llegado encalmados y ahora bebían agua
del estanque.

—Y ésa, ¿quién es?—dijo el hombre viéndola a Susana de
arriba a abajo pero sin dirigirle la palabra.

—Es una forastera que está de paso con rumbo al norte. Pero

dime, David, ¿qué has oído tú en Santa Bárbara? ¿Qué hay de cierto en todo esto?

—Pues por Santa Bárbara cuentan que los gringos ya se han tomado Sonoma y que Vallejo, su hermano y otros han sido llevados presos al fortín de Sutter. Unos que llegaron del norte dicen que en el puerto de Monterrey hay un buque norteamericano que ha venido a tomarse el país. En Santa Bárbara me dijeron que el gobernador Pío Pico estaba de paso con la tropa para seguir al norte a batirse con el comandante Castro, cuando le llegó la noticia de que ya había empezado la invasión y de que Vallejo estaba preso. Con eso Pico se devolvió a Los Ángeles y dicen que ahora Castro está en camino para unirse a Pico y a la resistencia que parece que la van a montar desde Los Ángeles. Tan pronto lo supe, arreglé cuentas y nos volvimos. Pero entremos, que vengo con un hambre de perro.

María les calentó la leche y se la sirvió con un poco del pan que había quedado de anoche.

—No, mira, David, en serio. Tenemos que irnos; no podemos dejar que nos agarren aquí solos; mejor nos vamos todos a Santa Bárbara. Además, de seguro se estarán preparando los rancheros para pelear contra los gringos. No queremos que pase aquí lo que pasó en Texas.

—No, María, aquí vamos a estar mejor. No te preocupes. ¿Qué más nos da que estén los gringos o los mexicanos en el poder? Lo importante es que estemos bien; a nosotros no tienen por qué hacernos daño. Además, acuérdate que yo también soy gringo.

—Pero, ¿qué dices? ¿Tú te has vuelto loco?, ¿o qué? ¿Cómo va a dar igual? Ay, David Johnson, que no te oiga mi padre decir eso. ¿Acaso no te hiciste ciudadano mexicano para casarte conmigo? Lo que soy yo, me voy ahora mismo, y me llevo a los niños. Me llevo

también a Margarita conmigo. Allá en Santa Bárbara nos quedaremos con mi hermano.

María salió a la carrera a terminar de enganchar los caballos y
Margarita y yo la seguimos. Pusimos la petaquita en la carreta y
dos colchas. La vaca decidió dejarla, pero lo que quedaba de la
leche nos la llevaríamos con un poco de pan que sobró y un maíz
tostado que tenía en un morral. Yo también busqué mi morralito
y me preparé para irme con ellas. María llamó a los niños que co-
rrieron a subirse a la carreta, pensando que se trataba de un paseo.
En eso salió David, con una cara de tejón, que por un segundo me
pareció la de Adrián.

—Pero tú eres la que está loca, María. Te he dicho que nos
quedamos y así ha de ser. ¿Desde cuándo te atreves a contra-
decirme?

La agarró del brazo, la estrujó y la tiró al suelo. Se quitó el cin-
turón, y con un "te he dicho que no te vas; ahora mismo te me
metes a la casa si no quieres que te agarre a correazos," le asestó un
golpe. No sé ni cómo pero agarré un palo que estaba en el corral y
le grité, "si se atreve a pegarle de nuevo, le parto la cara." Echó la
carcajada y se vino hacia mí para quitarme el palo; yo sabía que no
iba a poder contra él. Me fui esquivando a la vez que metía la mano
en el morralito que llevaba colgado del brazo hasta que encontré
mi estuchito, mi latita de *mace,* que cargaba siempre, por si las
dudas. Cuando se acercó para agarrarme, le rocié la cara y el
pecho y vi como se fue gritando ciego al estanque. "Vámonos y
pronto," les dije, levantando a María del suelo.

Nos subimos a la carreta las tres con los niños y sin decir más
nada nos fuimos alejando del rancho lo mas rápido que pudimos,
con temor de que en cualquier momento vinieran a tratar de de-
tenernos. Los niños también iban asustados; uno lloraba en los

brazos de María y el otro no le soltaba la falda. Habíamos andado unas tres millas en la carreta cuando sentimos el galope de un caballo. Margarita llevaba las riendas. María y yo nos miramos, como diciendo, y ahora ¿qué va a pasar?

—Pícale, Margarita, que ya vienen.

El jinete nos alcanzó luego. Era Juan.

—'Ña María, no puedo dejarlas ir solas. Yo también me iré con Uds. para Santa Bárbara, acompañándolas.

Margarita se sonrió y seguimos adelante, ahora ya más tranquilas. Sabíamos que nos quedaba buen trecho para llegar a Santa Bárbara.

—Tendremos que pasar la noche en el bosque pero para mañana por la tarde llegaremos a la misión y de allí mandamos avisar a mi hermano Nacho para que venga a buscarnos, si es que no se ha ido al sur a unirse al ejército de los californios. Y si es así, nos quedaremos en la misión hasta que vuelva. Nosotras aunque sea cartuchos podemos ayudar a hacer. Algo hay que hacer. Pero dígame, niña, ¿qué fue eso que le echó en la cara a mi marido que lo hizo gritar tanto?

—Es un *spray,* algo para defenderse una . . . , como un puñado de pimienta que le tiré a los ojos.

—Lo que haya sido, le agradezco, que creí que me iba a golpear más y hacerme quedar a la fuerza. Yo quiero ser más como Ud., sabe. Quiero aprender a defenderme. ¿De manera que pimienta? Pues bien picantita debía de estar, como pataleaba y se echaba agua y más agua a los ojos.

Y con todo el susto que llevábamos, las tres nos echamos a reír y hasta los niños y Juan se unieron a la risa.

A medida que avanzaba el día, el viaje resultó más y más incómodo y pesado y al atardecer empezamos a buscar dónde pasar la noche. La idea de dormir al aire libre no nos asustaba. Juan se adelantó un poco y al cabo de un rato regresó para decir que cerca había un tejado, probablemente de algún pastor de borregos que dormía allí durante el verano. Era apenas un techo de caña y dos paredes, pero por lo menos ofrecía un poco de protección. Los niños se terminaron la leche y nosotros nos dividimos el pan que traíamos. En su alforja Juan traía un queso que había comprado en Santa Bárbara y con eso ya fue todo un banquete.

De madrugada al despertar sintieron que lloviznaba y cuando se levantaron todo estaba cerrado por una neblina espesa. Volvieron a enganchar los caballos y por fin salió el sol a medida que seguían rumbo al oeste. El bosque en el que se hallaban era increíblemente frondoso y lo más impresionante era esa variedad de verdes, algunos alimonados y otros más oscuros. Serían como las once de la mañana cuando Susana divisó un trecho más llano hacia el sur y hasta creyó ver una carretera. Le pidió a María que parara la carreta para descansar un rato y así poder cerciorarse. Se detuvieron bajo unos árboles y con un "ya vuelvo," como quien tiene que alejarse para orinar, Susana saltó de la carreta y corrió hacia el sur hasta salir de la arboleda; estaba casi segura que allí más adelante, en el llano, había una carretera pavimentada. Corrió y corrió hasta cansarse; cuando volteó vio que el bosque y la carreta se perdián en la neblina. Corrió otro poco y a lo lejos pudo distinguir el tráfico de autos y camiones que iban por una carretera, algunos aún con las luces prendidas. ¿Cuál sería? ¿La 101? La carretera 5 no podía ser; ésa tenía que haberse quedado muy al este, eso si es que no estaba totalmente norteada. Ni noción tenía de dónde estaba. Llegó a una cerca de alambre; la cruzó y se encontró con que a unos 500 pies estaba la carretera; vislumbró que más al sur había un carro parado a la orilla del camino. Sí, era azul, como el suyo. Empezó a correr de nuevo y llegando vio que en efecto era "la carrucha"; ahí estaba su chaqueta y su maleta. Sacó la llave del morralito, abrió la puerta delantera y se metió.

Al sentarse sintió que había vuelto a su mundo; respiró hondo, cerró los ojos, y se relajó por un momento, a pesar de que el tráfico aumentaba; oyó entonces pisadas sobre la grava y de repente por el espejo retrovisor creyó ver a un hombre vestido de uniforme que se acercaba.

Soldado de los gringos, pensó, de los que vienen del este. Abrió inmediatamente la puerta y se encontró con un agente de la patrulla de caminos.

—*Your license and car registration, please, Miss.*

Su alivio se tornó en miedo al recordar, mientras buscaba su billetera en el morralito de cuero, el caso de la joven muerta en la carretera por un patrullero. Con la mano sintió el estuchito de *mace*, mientras sacaba la licencia. Se la extendió y mientras el patrullero examinaba la licencia, Susana se fijó en la plaquita sobre el bolsillo izquierdo: David Johnson.

—*Need any help?*

El patrullero le llenó la llanta de aire con una bomba portátil que traía y luego de que la siguió hasta la siguiente gasolinera que quedaba a unas diez millas de allí, el agente se alejó de nuevo en su carro patrullero por la carretera. Allí Susana pidió que le parcharan la llanta pero cuando el dependiente le empezó con rodeos diciendo que no había quién lo hiciera a esa hora, y que el mecánico no llegaría sino hasta las ocho de la mañana, decidió mejor comprar una llanta nueva.

Ya de vuelta en la carretera Susana comenzó a fijarse en las salidas, buscando algún letrero que anunciara un bosque o un parque, pero se dio cuenta que se encontraba en un llano; la zona era más bien desértica; no había bosque de ese tipo en cien millas a la

redonda; por lo menos ya no. A la distancia, al oeste, se veían otras
montañas, pero nada verde.

Cada vez entendía menos. Se sentía atontada, como si tuviera la cabeza embotada. ¿Me habré quedado dormida al lado de la autopista? No soy tan estúpida como para haber hecho eso, pero entonces ¿qué fue lo que pasó? No hallo cómo explicármelo.

Por más que Susana trató de explicárselo como sueño, no quedaba convencida. Por otro lado, tenía necesidad de saber que María, Margarita y los niños habían llegado bien a la misión. A la vuelta, en vez de venirse por la 5, se vendría por la carretera 101 y pararía en la misión. Tal vez allí hubiera algún registro, algún documento en los archivos que constatara la llegada de María; o en el libro de registro de las nupcias, tal vez encontraría el día del casamiento de Margarita con Juan. Y ¿María?, ¿habría tenido que volver con su marido? ¿Habría pedido el divorcio ya después de 1848? ¿Se lo habrían concedido? ¿Con dos hijos? Bueno, todo era posible.

Más adelante vio el aviso de la carretera 41 que lleva a Fresno. Pensar que toda esta tierra había sido de los californios; siguió cavilando, pero luego se dijo que en última instancia no había por qué lamentarse. Dentro de unos veinte años, veinticinco a lo sumo, volvería a ser de ellos, de los latinos. Atrás quedaba Leucadia, y mucho más lejos, Adrián; al frente, ¿quién sabe? Por lo pronto iba hacia el siglo diecinueve, bueno, es decir, en los archivos de la biblioteca Bancroft y en los archivos de Sonoma. Al llegar ya a las afueras de Stockton, tomó la carretera 580 para ir al noroeste rumbo a Berkeley. Allí en lo que había sido el Rancho Peralta habían en otro tiempo construido una universidad, la Universidad de California, la que, aunque tardara, habría con el tiempo de volver a ser nuestra también.

Don Salomón

It looked like it was going to snow; the sky was a soft canvas strewn with feathery wisps whose shadows mottled the desert ground and sparse chaparral. To the right stood a single mountain and up north two or three mountain tops peered over the cloud cover. Don Salomón made this trek two or three times a month as a Singer sewing machine salesman making his way from Dallas to El Paso and from there on to California. He liked life on the road, driving from town to town, doing his demonstrations of the Singer sewing machines in the different barrios, happy not to be locked up inside like the time he worked in that office with all its dull paperwork and the rigid eight to five schedule. Now he'd work in the morning, in the afternoon, even at night—whenever—but he'd also be able to rest whenever he chose to and he could go out and have something to eat with people he met on the job or even take them up on their invitation to have dinner with them at home. He never had time to get bored because soon enough he'd be back on the move to another town or city. And when he did get tired of being on the road he could always head back to Los Angeles and spend a few weeks with his family. On the road he would stay at motels and spend his nights reading the newspapers as he sipped the glass of mulled wine that he liked to fix for himself using his handy electric heating element. Glass in hand he'd light his pipe and savor the tobacco that—most of the time—was a gift from one of his clients. He wanted to stay well informed about world events. After all, hadn't he, from his position in bed, understood and been able to turn the tide on one of the decisive fronts in World War II? Back then he absorbed everything he read in the papers into his brain and somehow he could play back all the events in his head and they were so real he couldn't tell if he'd read about them or really seen them. Once, he'd had to go back to Los Angeles from Arizona with a bad fever that had left him bedridden for several days, and it was back at home, from his fevered pillow that he'd led the Allied forces in the battlefield. That was the only way they had been able to defeat the Nazis. The invasion of Normandy had been *his* idea, long before Eisenhower had even thought of it.

He slowed down a bit when it started to snow so that the car wouldn't skid on the bridges and badly asphalted road. With the heater on he barely felt the wind outside and since there wasn't much traffic it was like the station wagon drove itself and he could think.

He had also had an important role to play against Franco's Fascists. He'd lost a good many friends on the battlegrounds of the Ebro, but despite spending long nights studying military strategy, he hadn't been able to come up with a way to counter the aerial attacks. All he had been able to suggest to the republicans was the clandestine organization of small cadres until things changed and the moment was right. By the time the Vietnam conflict came around, he knew a good deal more about guerrilla warfare, surprise attacks and rapid retreats, thanks to a trip he took to Brazil where Singer held a hemispheric conference; his regional office had sent him there as an example of a topnotch salesman. He'd escaped from one of the many motivational meetings to come to know the region and explore the jungle. Foreign companies were

going further and further into the country and indigenous peoples
for whom the threat of annihilation was every day greater re-
sponded with furtive attacks and equally swift retreats via secret
paths in the dense brush. He had stayed there as long as he could
so that he could get a better sense of things and what was involved
in jungle warfare—the properties of rain forest plants, the tracks
left by the passing trucks, the markings on the trees by which the
Indians communicated with each other, and how they made use of
what they had around them. The terrain and the flora he'd seen in
Brazil was not unlike that in South East Asia, so that when the time
came, because of that experience in Brazil he'd been able to give
the Vietnamese pointers and advice. Without being there he could
intuitively tell them things like where the best places were to build
tunnels. In fact it had been his idea for them to use detergent and
wash with American soap to throw off the soldiers and their dogs
that came into the bush on search and destroy missions.

Through the snow falling on the windshield he started to make
out the lights of El Paso and began to look at the roadside bill-
boards announcing motels; he usually stopped for the night in
Deming but he decided that tonight he'd stay here on account of
the snow.

After having dinner he went up to his room to warm his habit-
ual mulled wine. The heating element he used fit compactly in his
shaving kit. When he tired of reading the newspaper he threw
himself on the bed. He thought he might want to catch something
on TV but he was too tired and he had a long drive before him
tomorrow.

This time he found himself surrounded by rows and rows of
orange trees. He sat down on an old orange crate someone had
turned on its side. One after another it seemed those dark-skinned
men with blue pants and jackets came out from among the trees.

Some sat down on crates or on the ground while others remained standing keeping an eye out for any noises. "I'm getting too old for this," he said to them. But the men didn't want to take no for an answer. They kept saying that things couldn't go on like this and that he had to help them out. They told him that in the afternoons men would come out to the fields and sell beer and booze to them and promise to bring women out to them later at night. Then at night, now knowing where they had set up camp, the same men or others would show up in groups of five or six and beat them with sticks and bats and rob them. They'd take what little they had and leave them lying on the ground among the rows of trees. Every week there would be at least one of them killed and they had no one to turn to. There was no law to stop them from doing this to them. Don Salomón could visualize each of the scenes the men surrounding him told. He could see the trucks the men came in, selling the drinks at double the price precisely when the sun was at its hottest. *Don't worry, that's right, I'll make sure your mother gets the money order, I've got the address right here in my wallet so that I won't lose it.* But the money never got there. No, they couldn't go to the bank to do it because they'd get picked up right there by the *"migra."* Some of them had even started to carry a gun and it was getting to where no one trusted anyone anymore. Don Salomón reviewed the whole scene at the grove in his head. As a documentary it wasn't bad, but the danger was getting lost in representation and avoiding the issue at hand. No, he couldn't just shift scenes like a film maker and escape from what was going on. He put himself back into the grove, sat down on one of the overturned crates and started to lay out the plan for them.

He headed out of El Paso early the next morning. He wanted to be in Los Angeles that same night; he felt tired and he had a gut feeling that at night he'd have to go back to that scene and work

58 out certain minor modifications to the plan. He knew how the American system worked and what the best way to bring about an agricultural crisis was. His contacts from Texas to California allowed him to calculate the number of people that would be involved in the action. But he also knew that they'd have to be very careful because there were always sellouts among them, ready to infiltrate the ranks and ruin the whole plan. Out there, this time in his own home territory, people were readying themselves for the decisive struggle and Don Salomón was ready to lead the battle. As he drove away in the station wagon he looked up and saw it was a sunny day, a good day to drive and think and survey the troops positioned along both sides of the highway, stooped over the knee-high cotton plants so as not to draw attention to themselves.

Don Salomón

Parecía que iba a nevar; las nubes eran como lienzos de plumas suaves y onduladas que dejaban el cielo encapotado y ensombrecían los chaparros esparcidos por el desierto. Al este se divisaba una montaña solitaria y más al norte apenas se dibujaban tres o cuatro picos que salían por entre las nubes. Pasaba don Salomón por estos parajes dos veces al mes en su trayectoria de Dallas a El Paso para seguir después hasta California vendiendo máquinas de coser Singer. Le gustaba andar de pueblo en pueblo, mostrando los diversos modelos en los barrios, feliz de no sentirse limitado como cuando había trabajado en aquella oficina con el papeleo y el horario de ocho a cinco. Trabajaba de mañana, de tarde y hasta de noche, cuando se ofreciera, pero también descansaba a cualquier hora y podía salir a comer con toda esa gente que iba conociendo y que a veces hasta lo invitaba a comer a sus casas. No le daba tiempo para aburrirse porque al poco rato tenía que salir y marcharse a otro pueblo. Y cuando ya se hartaba de tanto viajar volvía a Los Ángeles para pasarse unas semanas con su familia. De noche cuando andaba de viaje, se dedicaba a leer los periódicos mientras se tomaba la taza de vino que calentaba en el mechón eléctrico que siempre lo acompañaba y encendía su pipa, probando el tabaco que los clientes siempre le regalaban. Tenía que mantenerse bien informado. Acaso no había resuelto toda la segunda guerra mundial desde su cama. Lo que leía en aquellos periódicos se le volvía 59 película al punto que no hubiera podido decir si todas aquellas noticias las había leído o las había visto. Un día tuvo que volverse a Los Ángeles de Arizona al comenzarle un fiebrón que lo dejó inmóvil por varios días. Desde su cama humedecida constantemente por la transpiración de la calentura había dirigido las fuerzas aliadas en el frente de batalla. Y así, sólo así, habían podido derrotar a los nazis. La invasión de Normandía había sido idea suya mucho antes de que Eisenhower lo resolviera.

Al comenzar a nevar levemente disminuyó la velocidad por si se resbalaba el auto en los puentes y carreteras mal pavimentadas. Con la calefacción del auto ni se sentía el viento y como había poco tráfico, casi se conducía sola la camioneta. Su participación en el frente contra las fuerzas franquistas había sido ardua. Allí en las praderas a orillas del Ebro habían quedado muchos compañeros y ni en sus largas horas de vela estudiando la estrategia militar había encontrado la respuesta para los ataques aéreos. Total que lo único que había podido aconsejarles después había sido la resistencia subversiva y la organización de pequeños cadres hasta que llegara el momento esperado. Ya para la guerra de Vietnam algo sabía de guerrillas, de los ataques de sorpresa y las retiradas veloces. Después de un viaje al Brasil a donde lo había enviado la compañía Singer como modelo de vendedor ambulante, se había escapado de la reunión hemisférica de la Singer para explorar un poco la región y conocer la jungla. Las compañías extranjeras penetraban cada vez más el interior del país y los pueblos indígenas amenazados con la aniquilación total se defendían con sus pequeños asaltos y huidas por los pasadizos secretos entre la maleza. Anduvo allí husmeando hasta que se empapó totalmente del ambiente, de las ramas, de las hojas hechas trizas por los camiones, de las hojas frescas por donde pisaban los indios, las enredaderas y las hierbas. Por eso desde acá había podido orientar a los vietnamitas y ayudarles,

porque casi conocía el terreno, que después de todo era muy parecido a la jungla del Brasil, y sabía intuitivamente dónde quedaban
mejor los túneles. Hasta había sido idea suya el que usaran detergente y jabón americano para despistar a los perros cazadores.
Se veían ya las luces de El Paso y como la lluvia-nieve arreciaba
comenzó a fijarse en los carteles que anunciaban los moteles. Casi
siempre paraba en Deming pero por hoy pararía allí en El Paso.

Después de cenar subió a su cuarto a calentar el consabido vino.
El pequeño mechón cabía bien en el maletín de la rasura. Cansado
ya de leer el periódico se tiró a la cama. Hubiera querido ver algún
programa de televisión antes de dormirse pero ya tenía mucho
sueño y aún tenía largo trecho para manejar al día siguiente.

Esta vez entró en un huerto con surcos y surcos de árboles fru-
tales. Allí se sentó en un cajón de naranjas que habían virado de
lado. Por entre la arboleda salían uno tras otro aquellos hombres
morenos de pantalón y chompas azules. En cajones y en el suelo
se iban sentando algunos mientras que los otros permanecían de
pie, alertas a cualquier ruido. "Yo ya estoy muy viejo," les dijo. Pero
los hombres no se conformaban. En voz baja repetían que no
podían seguir así, que tenía que ayudarles. Por las noches venían
en autos a golpearlos y a robarlos. Era un patrón que se repetía. Por
la tarde llegaban vendiéndoles cerveza y trago, prometiéndoles cha-
macas para más noche. Una vez informados de sus escondites vol-
vían de noche en grupos de cinco o seis con macanas y porras. Les
quitaban el dinero que traían y los dejaban tirados entre los surcos. Cada semana había varios muertos. No tenían a quien acudir.
No los amparaba ninguna ley. Don Salomón veía cada escena atroz
dibujada por los que le rodeaban. Veía las camionetas de aquellos
hombres que ofrecían refrescos helados al doble precio al mediodía cuando rajaba el sol. *Sí, no te preocupes, yo te envío el giro postal,*
a la dirección de tu mamá, sí, aquí la traigo en la cartera pa que no se

me pierda. Pero los giros no llegaban nunca. No, no podían ir al banco porque allí mismo los agarraban. Comenzaban a cargar pistola porque ya desconfiaban de todo mundo. Don Salomón repasó todo el espectáculo del huerto. Como documental no estaba mal pero era salirse de escena para no tener que lidiar con el asunto. No, no podía escaparse por la cinematografía. Volvió a penetrar el huerto y sentándose en el cajón les trazó el plan.

Al día siguiente salió temprano de El Paso. Quería estar de regreso en Los Ángeles esa misma noche porque ya se sentía cansado e intuía que allá desde su cama tendría que volver al escenario para hacer pequeñas modificaciones en la estrategia. Conocía la mentalidad americana y sabía exactamente cómo podría efectuarse la crisis agrícola. Su contacto con el pueblo desde Texas a California le permitía calcular las fuerzas con las que podría contar. Tenían que andar con mucha precaución porque había un grupo de vendidos que fácilmente podrían infiltrarse y arruinarlo todo. Se aproximaba una lucha decisiva en su propio territorio y don Salomón estaba listo para dirigir las tropas en el campo de batalla. Era un día soleado para cavilar y asesorar las tropas que a ambos lados del camino disimulaban, agachados sobre el algodón.

Three Generations

When I got in this evening I found her kneeling in front of some geraniums and gardenias and mumbling something about what I call the imperialist tomato plant that keeps trying to take over everything. Since she's been here, it's like the plants are trying to take over every square inch of soil out on the patio.

"Well, then, why don't you cut them?"

"I will. As soon as the tomatoes are ripe and then, good-bye tomato plants. I won't plant them again. Can't you see how they invade everything? The best thing to do is to put in some chiles, although, granted, space is limited. It's not like our garden back in Texas."

It's like those plants had taken on personalities of their own for her. She tells the lemon tree she's sorry for letting the honeysuckle spread its roots all over the place. That poor thing; I planted that dwarf lemon tree way before she came to live with us, but the pathetic thing doesn't know whether to live or up and die once and for all—especially since the honeysuckle she put in started taking over all the space on that side of the patio. It's like there are plants with imperialist tendencies, but this one penetrates under the surface, where you wouldn't even suspect it. The tomato, on the other hand, does it—literally—above ground, where you can't help but see its branches spreading all over the place, while the honeysuckle puts on this act like its staying right there up against the fence but does its work underground. It's like the difference between dependency and colonialism, I tell her, but she doesn't get it. My mother ignores me and just goes on pulling weeds and watering—concentrating on how she's going to prune back the bougainvillea so that it won't block the sun from getting to the hibiscus beneath it. Sometimes I really don't know why I go and say dumb things like that to her, like I'm trying to show off in front of her or something; the truth is, the terminology is about all I got out of all those Third World Studies courses in college. It's funny to think that back then I even thought I might major in that, only I decided to play it safe and get my degree in business. On the other hand, she's so into her plants now that she's alone, you'd think she had a degree in gardening. She spends her days cutting and transplanting things, pruning and watering them, talking to the plants because, to tell the truth, me and my daughter aren't here much. I mean, it's not like I wouldn't want to be out there too working in the garden, but it's that my work with its meetings and having to travel out of town and all just keep me too busy all the time— always on the run. Like now, for example.

I wanted to show her how well the hydrangea was doing, but she's gone back inside already. I'll bet she'll be on that computer thing of hers until all hours again—sometimes she doesn't even want to come down to eat dinner. And that Mari, I don't know, I'm worried about that girl. I've tried and tried to tell Hilda that something's not right with her, but she doesn't pay attention. Says its just some adolescent phase, that she'll get over it. But the girl locks herself up in her room and when she comes out she's not right; her eyes are all red like she's been smoking or using some of those damn fool drugs that are so easy for kids these days to get a hold of. Times like now is when I miss having him around. He'd know what to say to his granddaughter, but me, she just doesn't pay me

any mind at all. Ignores me as if I weren't even there. That's why I
spend my time out here with my plants and my trees and kill time
with Doña Chonita, showing her my plants when she stops by to
talk and have ourselves some lemonade. I'm going to have to buy
some fertilizer or something for these over here because this celo-
sia, for example, just isn't doing well at all. I can still remember the
ones my mother had in the back yard so many years ago. Now
those were some plants, not like these shabby little things. There
wasn't a nicer garden in the whole barrio.

As soon as I change out of these things, I've got to get to the
computer. I really hate leaving my mom down there alone but at
least she keeps herself busy with her garden and then sometimes
she goes shopping or out with her friends from church. In any
event, she can't be any more alone than I am now, because ever
since Ricardo left me . . . but that seems so long ago that it even
seems funny to remember it. But, really, I shouldn't complain. In a
way, I've never been better off. I keep myself busy with my job and
I have my friends at work. Sometimes I go out with Alfredo and
when we can, we get away for a few days. Neither of us wants com-
plications. It's like divorce leaves a really bad taste in your mouth,
so things are fine like this; we go out, enjoy ourselves, take a trip
when we can and then it's back to our respective jobs and obliga-
tions until we can see each other again; no problems, no argu-
ments, no commitments, each of us free to do his or her own thing.
At least that's what I tell myself and what I tell people when they
ask why I haven't remarried. And the thing is that with Ricardo I
was expecting too much, and I think maybe that was the problem
from the very beginning. We never would have gotten married if it
wasn't for my being pregnant, for sure. But what else could I have
done back then? I mean, just thinking about what Antonia had
gone through sent shivers down by spine. Things change with time

but then again not all that much. It's still a hot topic nowadays and even today they're still trying to cut the clinics' funding. Back then though there wasn't even that, everything was hush-hush and unless you had the money to go across the border and have it done there, well you just had to try to find some *curandera* and see if she could give you something, or, do what Antonia tried doing when she found out her husband was sleeping around, with her next-door neighbor no less. All I know is that ever since then I can't even stand the sight of wire clothes hangers. Only plastic. Anyhow, I just couldn't do it. If I had been stronger, had my head on straighter back then, I would have stuck it out on my own, even if they disowned me at home because of the big scandal it would have caused. But I wasn't strong enough, so we got married because we had to. But things were never right and a year later we were already getting a divorce.

So Mari's been raised without him and without the financial support that would have come in handy if Ricardo contributed his share the way he ought to. Then, after he married the *gringa,* well, that was the end of any financial help from him, so I had to do it on my own, finding someone to look after Mari while she was little, at least until I was able to get her into daycare. But that was a long time ago and now my mother's with us. When my father died I told her to come live with us, because, after so many years working in the garment industry sewing jeans, what does she get a month? Three hundred measly dollars from Social Security, not even enough to buy groceries; so I brought her out to Santa Ana with me and at least she won't have to worry about having a roof over her head. This printer is really slow; it's not like the one at the office, but at least the quality's not too bad. I'm going to have to start thinking about getting a new one—a laser printer—for home so I won't have to rush into the office in the mornings just so that

I can run off copies of things before the first meeting at eight thirty.
God, I don't know why they set those meetings so early! Damn,
look at the time; I thought it was about seven thirty and it's already
almost nine. I'll go downstairs and have something to eat in a
minute. I wonder where Mari is at this hour; she should be home
by now; it's way too late for her to be out. When she gets home I'm
going to have a talk with her; a thirteen year old has no business
staying out so late. Who does she think she is?

Boy, am I in for it now! I'd better hurry because otherwise my
mom's going to get suspicious. Yeah, but she's so into her own stuff
that she probably won't even notice. But it's that, I mean, I just
couldn't leave, I mean, with them all checking me out, watching
me to see if I was going to do a hit or not. Hey, I'm either in with
them or I'm not. That new stuff I tried was something else. I was
flying. What a blast! But coming down off it was a bummer. It's not
like I could just come home right away. When my mom hears that
I ditched school she's going to throw a fit, but so what? What's it
to me? What I *am* into is this new stuff. I don't know where Daniel
got a hold of it, because usually all he's got is some sin semilla or
crack, but this time he's on to something good. His dad must be
down cool because all I know is that he gets this allowance each
week from him so he can do whatever he wants. Danny says it's so
he won't bother him, but I can't see why he's always complaining
because at least he gets to do whatever he wants and he's got
money to buy whatever he wants. And Danny knows exactly what
he wants and where to get it; I've gone with him a few times and
it's almost like a drive-thru at McDonald's or something because
all you have to do is stop the car in the middle of the street and
some guy'll come up, give you a bag and that's it, we're on our way.
Then we always go back to his house and sometimes to Jenny's.

68   Shit! It's almost nine, I thought it was more like seven; it just gets dark too fast. I just hope my grandmother isn't up and starts up with all her stupid questions like always; she just likes to get on my case, just standing there looking at me with those weird eyes of hers. Why doesn't she just go watch her stupid TV or whatever; she should just mind her own business and leave me alone.

I don't know why that girl isn't home yet. Back in my time it was a whole different story. My father wouldn't let us go anywhere at all. That's why us girls never even finished elementary school for the most part. Back then we were working in the fields, picking cotton or working in the beet fields. The only trips we ever got to take were traveling from one farm to the next until we all headed back to San Angel around Christmastime. More than once we had to stop roadside to make up something to eat and to sleep when we were on the road; when we were working at one of the farms, well, that's when I got saddled with most of the chores, being the oldest and all. I had to get up at 5:30 A.M. to get breakfast ready and to make up everybody's lunch. But you know, whenever I tell Mari that she doesn't know how good she has it, that back in my time we didn't even have indoor plumbing or anything and that we had to go do our business in an outhouse in the alley she can't believe it and starts laughing and saying how horrible and that she'd never stand for that. Sometimes I think she really doesn't believe that things were like that, but most of the time I think she just doesn't care. Because she's never known poverty, she doesn't even want to hear that there are still poor people out there. Today's children just don't understand anything; they don't listen, they don't want to think and all they want to do is go out and have fun or get into trouble. They think that what we tell them is all made-up. I'd

better see about warming up something for Hilda; if I don't, I know
all she'll have is one of those turkey sandwiches of hers.

My God, how things have changed! I used to have to do the wash, all the ironing, even make the tortillas because my mama was usually pregnant and couldn't handle all the work. So there was no school for me back then, just real hard work, donkey-work. That's why when I had Hilda I said to myself, no, this girl's not going to have it as rough as I did; that's why I sent her to school even if everyone told me I was making a mistake and all she'd end up doing was getting into trouble and I'd end up having to get her married at fifteen. But things didn't work out that way at all; she went to school, graduated and went to work. Much later, when she was a grown woman of twenty-five, well, that was when she found out she was pregnant and decided to get married, and that was because she was scared and didn't want to do what Antonia did; but if she'd wanted to she could have crossed the border and gone to one of those clinics on the Mexican side. Then things went sour between her and Ricardo and he left her. At least that's her version, but sometimes I think that it wasn't so much that she wanted to *be* married but that she wanted to *get* married to have the baby because she's always been a real independent girl. Fortunately, she'd gone to school and had a job and so Hilda was able to manage for the baby by herself because we were never able to help her out. I don't want to think what would have become of her if she hadn't had a job. She'd probably have had to go on welfare like more that a few have in the barrio.

Damn, I have to change the ribbon on this printer. Where is that Mari and why isn't she home yet? I swear, if she's not here by 9:00 P.M. I'm going to have to start calling people; but who could

I call? Maybe one of her friends from school, although I don't know if we have the number for that friend she goes out with sometimes, Danny, I think it is. I'm going to have to sit down and have a serious talk with her because I really don't have time for this kind of thing, especially today when I have to finish this report; well at least I'm almost through and I already have the diagram. It came out really sharp. This new software is just great; I can even do the graphs in color and everything. With these statistics, I think I'll be able to convince them; if they decide to come on board with our company we can expand production and increase sales next year, which is exactly what the district manager wants. These new software programs are going to revolutionize the computer industry and we're going to be on the ground floor in producing and marketing them. Boy, would you listen to me, I'm starting to think and sound like a "company man"—or "woman" rather—as if they didn't exploit the shit out of me. Well, even if I do get paid good money, they sure still get the last drop of blood out of me each week. And the money hasn't always been good, at least not until they got worried about my filing a discrimination lawsuit. And why shouldn't I have done it?—after all, there I was, a supposed "assistant" but I was the one really doing all the work for my boss. Anyhow, after tomorrow's meeting then we'll have to have a presentation ready for the real head honchos. I wonder if they've already made the hotel room reservation for New York? There's still time, but I'll ask Cheryl tomorrow. Who'd ever have thought things would work out like this? Now it's just a matter of having the arrangements made and that's it; there'll be a room ready for me in New York when I get there. They have absolutely no idea that this person they see all power-suited and portfolio in hand is the same person that was out there with my parents picking cotton and sleeping on the ground. Boy, I'll never forget that night af-

ter my graduation ceremony that we had to pull over on the side
of the road and sleep in the car because we didn't have the money
to stop at a motel. *Amá* wanted to stop off to see one of my aunts
in San Antonio on the way, but it was already late and we couldn't
just show up at that hour without letting them know ahead of time
and we couldn't very well go back home to San Angel either, so we
stayed there in the car all night long, everyone uncomfortable, in
a bad mood and arguing with one another until morning when we
headed to San Antonio to see my aunt, who wasn't exactly thrilled
when she saw us anyway. The truth is they have no idea who the
person giving the presentation to them is. I'm the one that knows
all too well, I'm the one that doesn't forget. The good salary I'm
making now doesn't erase any of that—not the little looks I get
from the people at the marketing meetings when I'm the one up
there doing the presentation. It can't erase all the shit we've had to
face from way back. No, it still can't erase how I felt after graduat-
ing from high school with all those typewriting, shorthand and ac-
counting classes and they still wouldn't give me an office job and I
had to work as an elevator operator. That's when I decided I had
to go off to college even if it meant I had to take out a loan to do it.

In college I really didn't go out much at all; I didn't have the
clothes or the money, so I ended up doing a lot of studying. It was
years later, when I had my first job out of college, that I met Ricardo; he seemed interested in me and I was flattered, happy as I
could be really. So when he asked me out, I said yes, and I accepted everything and anything he said thinking I'd found the man
I'd be spending the rest of my life with. Boy was I playing the fool!
He was after just one thing and afterwards, well . . . but I don't
know why I, well . . . there's no point in thinking about all that.

"*Amá,* now that Dad and the boys have left, tell me what happened to Antonia."

"Look, Hilda, when Antonia heard that her husband was sleeping around with Elodia she decided to do whatever it took to keep her husband. They already had four girls and she was expecting another. That neighbor of hers used to come around—supposedly to give her a hand—but ended up taking up with her husband. You remember, don't you, how they'd always be together, a regular threesome. Well, one day she caught them in the kitchen and Antonia really laid into her; I could hear the commotion way over here with Antonia telling her off. It was a few days after that when one of the girls came running over here, asking me to please go over and see about her mother who was bleeding. I ran over there and when I saw she was hemorrhaging I called for the ambulance right away, but you know how long they take to get out here in the barrio. By the time they got here she was deathly pale, waxy looking. She only lasted a few hours at the hospital. I tell you, what some women are capable of doing to keep a man! Yeah, she couldn't handle the idea of being pregnant again and with no one to help her out, so she took a clothes hanger to herself to get rid of it. Please, please, whatever happens, don't ever do something crazy like that! If you ever get into that kind of a spot, just have it, we'll figure out some way of raising it. Well, yes, I know you're right, your father would die of shame if you got in that kind of trouble, so just be careful, that's all."

When I came home from Austin for Antonia's funeral I asked her to tell me what had happened; it was when I saw Antonia at the funeral home that I decided to have the baby no matter what. Ricardo got all mad at me when he found out and he said he wasn't ready to get married. Fine, I said, I'll take care of it on my own; but apparently his mother convinced him that he ought to get married so that the baby could have his name, and that's the way it went. We made up, we got married; he moved into my apartment and a

year later he asked me for a divorce. There'd never been a divorce
in my family up till then. So that was a problem for my father especially, maybe more so than the fact that Mari was born "early"—
or so we tried to convince him. You know, it's funny though, later
on I was only the first of a bunch of cousins of mine that got divorced. The new generation, I suppose. Anyway, when I got the
job offer from this computer software company in California, we—
Mari was five by then already—picked up and came out here. For
the longest time I had to pay my dues at work, getting used and
abused all the time until I felt surer and started to stand up for myself. There was a change in management and I finally got promoted
to Marketing. But with that there came all the meetings and constant travel. In the midst of all this, the kid has been growing up—
and I don't really know when or how. There she is now. I've got to
talk to her; she's totally irresponsible and she doesn't give a damn
about everything I do for her. For her and for me, true, because I've
ended up concentrating on work, work, work, and once in a while
on Alfredo. Maybe he'll call from San Francisco later tonight.

"Mari! Mari! Come over here right now. Where have you been?"

Mari's home at last; I tell you she looks like she's on drugs or
something. But I'm glad Hilda is home to see her this time so that
she'll see what's going on; when I try to tell her something's wrong
it's as if she blocks me out, like she doesn't want to hear about it.
This modern life! Who knows what to make of it or where it's leading us. It's nine already so I think I'll make myself a taco from the
fajitas I fixed for Hilda and I'll go up and watch channel 34. No
sense in cooking in this house anyway; what for?—better just to
fix up a taco or something since Hilda and Mari aren't generally
here to eat anyhow. I wonder what's on tonight. Boy, I remember
back when we used to get old radio programs from the Mexican
side, "Manolín y Chilinski," "Palillo." The radio-soaps "El derecho

de nacer." "Doctor I.Q." Sometimes I don't know how we made it in those days; there was no sewer, the streets weren't asphalted, there was nothing to do but pick cotton. Nowadays, everything's changed, everything's so modern, so big, but we're all scattered about, and there's no family unity anymore. The boys are in Maryland and Minnesota and I'm out here in California. It's like these days parents and their children don't talk to each other anymore; even neighbors don't visit or know each other. We don't even know who the people living next door are. I only know the people from church and that's because thankfully I can still drive and can go to the Mexican church on Sundays; if it weren't for that I wouldn't have a soul to talk to. And of course I have to go alone, because in this house no one ever thinks about going to church; sometimes I think my girl's become an unbeliever or something. It's like I tell my *comadre* Pepa when she calls from Texas, life in a city like this is very, very different from what we knew; here, at night, I keep on hearing the ambulance sirens or the police. The other day, just across from the church, there was a shooting and one of Doña Chona's neighbors got hit—supposedly by mistake. It had to do with gangs or something, boys that don't have anywhere to go, no place to work, no parents to check on them and nothing better to do than stand around in the street looking for trouble to come their way. What scares me is that it's like us with Mari; we don't know what she's up to out there, who she's with nor where they go. I hope she's not gotten into the kind of thing they're always talking about on the news, that stuff they smoke or use with needles, and here we're sitting not knowing a thing about what she's up to. Not knowing a thing. But, what can I do? I can't stick my nose where I'm not called and not wanted. There's nothing— really—that I can do; I don't have a voice in anything going on here anyway. There's no point in going over it again and again so

I'd better think about something else. I guess I have my own sort of drug too, in a way, my *telenovelas* on TV. I think it's almost time for "El maleficio." And then there's "Trampa para un soñador." At least there everything gets resolved in six months or a year at the longest and all the problems have solutions. Maybe it's because they're all stories about rich people and their money seems to make everything possible, but in real life, in the life of the barrios and of those people living out in the street, things just look like they're going from bad to worse and sometimes I really don't know where we're headed.

Tres generaciones

Esta tarde cuando llegué estaba de rodillas ante unos geranios y unas gardenias y refunfuñaba por lo que yo llamo "el tomate imperialista" que siempre se anda queriendo apoderar de todo el terreno. Se han puesto demasiado grandes las plantas y como que quieren tomarse el jardín.

—¿Y por qué no las cortas?

—Voy a dejar que maduren los tomates y después adiós plantas. No volveré a sembrarlas. ¿No ves como lo invaden todo? Mejor pongo unos chiles allí, aunque no hay mucho campo. Ay, no es como el solar que teníamos allá en Texas.

Las plantas han adquirido personalidad para ella. Al limonero le pide disculpas por haber dejado que la madreselva largara sus raíces por donde no debía. El pobre limonero enano que yo planté antes de que ella se viniera a vivir con nosotras no ha muerto pero tampoco crece, ya que las raíces de la madreselva que ella plantó se han acaparado del poco terreno que había para ese lado del patiecito. Otra planta imperialista, pero ésta por el terreno subyacente, por donde no se ve ni se sospecha. La planta de tomate en cambio lo hace a los cuatro vientos y es obvio que sus ramas se extienden por todos lados, pero la madreselva se mantiene acurrucada contra la cerca, como si nada. Es como la diferencia entre la dependencia y el colonialismo, le digo, pero no acaba de enten-

derme. Mi madre sigue sacando las hierbas malas y regando, mientras piensa en podar la bugambilia, para que no le quite el sol
al malvavisco que está a sus pies. Y yo no sé por qué le salgo con
esas frases absurdas, como si me quisiera hacer la interesante, porque después de todo, la terminología fue lo único que me quedó
de aquellas clases universitarias de estudios del tercer mundo. Y
pensar que en un tiempo creí que podría ser mi especialidad, pero
al final, me fui por lo más seguro, y estudié comercio. Pero ella,
ahora que está sola, parecería haber estudiado jardinería. Se la pasa
transplantando, podando, regando y conversando con las plantas
porque yo y mi hija casi nunca estamos en casa más que para
dormir. Y no es que no quiera yo también ponerme a trabajar en
el jardín, sino que el trabajo, las reuniones, los viajes fuera de
la ciudad me tienen siempre ocupada, siempre corriendo. Como
ahora mismo.

Quería mostrarle lo bien que va la hortensia pero ya se metió.
Seguro que estará allí con la computadora hasta las altas horas de
la noche; a veces ni quiere bajar a cenar. Y la Mari, perdida anda
esa muchacha. Ya traté de decirle a Hilda que algo anda mal, pero
ni caso me hace. Cosa de adolescentes me dice, ya se le va a pasar.
La Mari se encierra en su cuarto y cuando sale tiene los ojillos todos rojos como que ha estado fumando o tomando alguna cosa de
esas, de esas mugres que hoy consiguen fácilmente los chavalillos.
Ay, ¡como me hace falta aquel hombre! El sabría cómo hablarle a
su nieta, creo, pero a mí ni caso me hace. Por eso me la paso aquí
afuera con mis flores y mis arbolitos. Y a veces doña Chonita se
viene a platicarme alguna cosa y nos tomamos un poco de limo-
nada mientras le muestro las matas y así se me pasa el tiempo. Voy
a tener que comprar un poco de alimento para las plantas porque
esta mano de león, por ejemplo, no quiere prender. Recuerdo las

que sembraba mi mamá en el solar hace ya tantos años. No eran estas miniaturas raquíticas. Esas sí que eran flores. Jardín más chulo no había en todo el barrio.

Tan pronto como me cambie, me pongo a la computadora. Pobre de mi mamá, me da no sé qué dejarla sola allá abajo, pero por lo menos se distrae con el jardín; a veces se va con alguna de sus amigas de la iglesia al cine o de compras. Pero más sola que yo no puede estar porque desde que me dejó Ricardo . . . aunque de eso ya hace tanto tiempo que hasta ridículo me parece recordarlo. Tampoco puedo quejarme, porque mejor nunca estuve. Me mantengo ocupada y tengo mis amigos y mis amigas en el trabajo. Y a veces salgo con Alfredo y cuando podemos, nos vamos de paseo. Pero ninguno de los dos quiere volverse a meter en problemas.

El divorcio como que le deja a uno un mal sabor en la boca. Así estamos mejor, nos divertimos, nos vamos de viaje los fines de semana cuando hay tiempo y cuando no, cada uno a su trabajo y a sus obligaciones, y hasta la próxima, sin compromiso, sin recriminaciones, cada uno libre de hacer lo que se le antoje. Por lo menos es lo que me digo y lo que contesto cuando me preguntan que por qué no me he vuelto a casar. Porque con Ricardo fui muy celosa, aunque tal vez todo eso fue un error desde el principio. Si no hubiera salido encinta, no nos habríamos casado, seguro. Pero ¿qué otra opción tenía yo? Porque el solo pensar en lo de Antonia y en el trauma que fue todo aquello me daba escalofrío. Los tiempos cómo cambian y no cambian, porque el tema sigue candente, y hasta quieren recortar los fondos para esas clínicas, pero en aquel entonces todo era prohibido, no había clínicas para el aborto, y a menos que una tuviera plata para irse al otro lado, para hacérselo allá, tenía que acudir a alguna curandera para que le diera un remedio o a lo que acudió Antonia cuando supo que el marido andaba con la vecina. Desde entonces no tolero ver los ganchos de

alambre para la ropa. Todos son de plástico. No, no pude hacerlo.
Pero si hubiera sido más fuerte, más inteligente, me las hubiera
arreglado sola, aunque en casa me hubieran desconocido por el escándalo. Y por eso nos casamos, porque tuvimos que. Pero nunca
estuvimos bien. Al año ya estábamos divorciados y así se ha criado
Mari, sin padre, sin la ayuda económica que nos vendría bien si Ricardo se portara como debe. Pero pronto se volvió a casar con la
gringa ésa y ya después no me aventó ni con un centavo. Por eso
tuve que trabajar y dejar a la niña aquí y allá, buscando siempre
quién me la cuidara hasta que ya pude ponerla en una guardería
infantil. Ahora también está mi mamá. Cuando quedó viuda, me la
traje acá, porque después de tantos años de trabajar en la costura
de *blue jeans,* ¿qué le mandan? ¡Unos trescientos dólares por mes
del seguro social! Ni para comer le alcanza; por eso me la traje a
Santa Ana donde no le ha de faltar techo ni comida. Esta impresora es bastante lenta, no como la de la oficina, pero imprime más
o menos bien. Voy a tener que comprarme una nueva, de láser; así
no tengo que llegar como loca por la mañana haciendo copia de
todo antes de la primera reunión a las ocho y media; no sé por qué
me las ponen tan temprano. Uuy, cómo se pasa el tiempo. Creí que
eran las siete y media y ya van a ser las nueve. Al rato bajo a comer
algo. Ay, esa Mari, aún no ha llegado de la escuela. ¡Estas no son
horas! ¿Dónde se habrá metido? Voy a tener que hablar con ella
cuando llegue. Una chica de trece años no tiene por qué andar
afuera tan tarde. Se le hace fácil todo.

¡Ay la que me espera! Tengo que apurarme porque si no, mi
mamá se va a poner sospechosa. Pero si está ocupada ni se ha de
enterar. Pero cómo iba a venirme cuando todos estaban mirándome, viendo si le entraba duro o no. O soy de la clica o no soy;
por eso por fin probé la nueva combinación. Es como volar. *What
a blast!* Pero después, qué bajón. Por eso no podía venirme, hasta

que se me pasara un poco. Cuando sepa mi mamá que hoy no fui a la escuela se va a poner furiosa, pero y qué. Que se enoje nomás. Ya realmente no me importa nada, nada más que volver a fumar la combinación. No sé cómo pudo conseguirla Daniel. Generalmente sólo trae marihuana o *crack* pero hoy de veras se aventó. Su papá debe ser muy bueno porque cada semana le afloja la lana para que se divierta. Para que no lo moleste dice Danny, pero no sé por qué se queja porque con lo que le da su papá pues siempre tiene con qué hacer sus compras. Sabe exactamente dónde venden lo que quiere; yo he ido varias veces con él y es casi como *drive-in service* porque nomás para el carro en medio de la calle y siempre corre algún chico con el paquetito, pagamos y vámonos. Después nos vamos a su casa o a la de Jenny. Uy, ya van a ser las nueve; creí que eran las siete, como ya se hace noche bien temprano. Ojalá que la abuela no me haga preguntas como siempre; le gusta fastidiarme nomás. Allí está siempre esperándome y mirándome con esos ojos. No sé por qué no se va a ver televisión o lo que sea y se deja de meterse en lo mío.

Ay, esta niña que no llega. Allá en mis tiempos todo era muy difícil. Mi papá ni nos dejaba salir a ninguna parte. Por eso ni primaria terminamos las mujeres. Eran los tiempos de los trabajos en la labor, en la pisca de algodón o la cosecha de betabel. Nuestros viajes eran de un rancho al otro hasta que volvíamos a San Ángel para la Navidad. A veces teníamos que pararnos en los caminos para dormir y calentar algo para comer. Ya después en el rancho, a mí, como era la mayor, me tocaba todo. Tenía que levantarme a las cinco y media para hacer el desayuno y el lonche del mediodía. A veces le digo a la Mari que no sabe lo que es fregarse, que antes no teníamos baño dentro de la *case*, que teníamos que pasar al excusado que estaba cerca del callejón y se ríe, diciendo que eso es horrible y que ella nunca aguantaría tal cosa. Ni lo cree ni le importa. No conoce la pobreza ni quiere saber que todavía hay pobreza por el mundo. Los jóvenes de hoy no saben nada, ni se enteran de nada, ni piensan en nada más que en andar de parranda y tal vez cosas peores. Piensan que son cuentos de hadas. A ver qué le caliento a Hilda, si no le hago algo se la pasa con puro sánwiche de pavo.

¡Cómo cambian los tiempos! En los míos, a mí me tocaba hacer las tortillas, la lavada, la planchada, porque generalmente mi mamá estaba encinta y no podía con todo el trabajo. Para mí no hubo escuela ni nada, puro trabajo bruto, como el burro; por eso cuando yo tuve a la Hilda me dije, ésta no va a sufrir como yo; por eso la mandé a la escuela aunque todos me decían que hacía mal en mandarla, que para qué, que me iba a salir mal, que seguro la iba a tener que casar a los quince años por andar de pajuela. Pero no fue así, estudió su carrera, se graduó y se puso a trabajar. Fue mucho después, cuando ya era una mujer de veinticinco años, que salió encinta y decidió casarse, porque no quería abortar, no quería que le pasara lo que a Antonia aunque mi hija podría haber ido a alguna clínica en la frontera, si hubiera querido. Pero luego le tocó la mala suerte y el marido la dejó. Es lo que ella dice, pero a veces hasta creo que sólo se casó para tener la criatura porque siempre ha sido muy independiente la muchacha. Gracias al estudio pudo mantenerse sola, porque nosotros no estábamos en condiciones de ayudarle ¿Qué habría sido de ella si no hubiera tenido el trabajo? Habría tenido que vivir del *Welfare* como más de cuatro en el barrio.

A la impresora le tengo que cambiar la cinta. Y la Mari, ¿dónde andará que no llega? Si para las nueve no está tendré que llamarle a alguien. ¿A quién? Tal vez a alguna de sus amigas, no sé si tenemos el número de teléfono del tal Daniel con el que sale a veces. Voy a tener que hablarle seriamente porque no tengo tiempo realmente de andar con estas cosas, especialmente hoy que tengo que terminar de preparar este informe; ya me falta poco y el diagrama ya lo tengo hecho. Me salió bien. Esta nueva computadora es fenomenal, hasta a colores puede sacar los cuadros. Espero convencerlos con estas estadísticas; si deciden asociarse con la compañía podremos ampliar la producción y así aumentar las ventas para el próximo año, como quiere el jefe. Estos nuevos programas van a revolucionar la industria de las computadoras y nosotros los vamos a producir. Bueno, yo no, claro, sino la compañía. Increíble pensar que ya comienzo a pensar como *company man* o mejor dicho, *woman*—como si no me explotaran bien a bien; me sacan el jugo pero tampoco me pagan mal, por lo menos desde que les armé el gran lío. Ya pensaban que los iba a demandar por discriminación. Y por qué no, si me tenían allí de asistente cuando la que hacía todo el trabajo del jefe era yo. Y después de la reunión de mañana, habrá que presentarles el plan a los mero-meros. ¿Me habrán hecho la reservación del cuarto en Nueva York? Bueno, todavía hay tiempo; mañana se lo pregunto a Cheryl. Lo que son las cosas. Ahora es cosa de llamar y hacer la reservación y le tienen a uno todo listo cuando llegue. No saben que la que llega toda vestida con su portafolio y todo es la misma que piscó algodón y durmió con sus padres en el suelo. Recuerdo que una vez tuvimos que pasar la noche en la orilla del camino, durmiendo en el carro, porque no teníamos con qué pagarnos un cuarto en un motel. Sí, la noche misma que me gradué y salimos tarde, tuvimos que pararnos en las afueras de Austin. Amá quería ir a visitar a la tía de paso, pero cómo íbamos a llegar a medianoche sin avisar. Tampoco podíamos volver a San Ángel. Y allí estuvimos toda la noche, incómodos, de mal humor, peleándonos unos con los otros hasta que amaneció y pudimos llegar a San Antonio para ver a la tía, que a fin de cuentas nos recibió de mala gana. No, no saben quién les presenta el informe. La que lo sabe soy yo, la que no lo olvida soy yo. No, el sueldo de ahora no borra nada. No borra las miraditas que me dan en las reuniones de *Marketing* cuando soy yo la que hago la presentación. No borra el ninguneo que siempre padecimos. No borra el que, a pesar de todo el entrenamiento en teneduría de libros, mecanografía y dactilografía en secundaria, no pudiera yo conseguir trabajo después de graduarme más que como operadora de ascensor. Por eso me decidí y me fui a la universidad, con préstamo del gobierno, claro.

Como me sabía mal vestida, no iba nunca a ninguna parte; me dedicaba a estudiar. Hasta que en mi primer trabajo después de graduarme de la universidad conocí a Ricardo; parecía interesado en mí y yo estaba feliz, feliz de la vida, y por eso cuando me comenzó a invitar a salir, acepté, lo acepté todo, pensando que era mi futuro, mi compañero del alma. ¡Qué estúpida fui! A él le interesaba sólo una cosa. Y ya después . . . ni para qué estar pensando en eso.

—Amá, Amá, ven para que me cuentes. Ahora que han salido los muchachos con Apá, quiero que me cuentes lo que le pasó a Antonia.

—Mira, hija, cuando Antonia se enteró de que su marido andaba quedando con Elodia, decidió hacer lo que podía para no perder al marido. Ya tenían cuatro niñas y estaba de nuevo encinta. La vecina venía a darle la mano, como estaba viuda recién y no tenía más que hacer, y en una de ésas le voló el marido. Te acuerdas que andaban los tres de aquí para allá y de allá para acá. Pues un día los agarró juntos en la cocina y Antonia la mandó a volar a la Elodia; hasta acá oí yo los gritos, donde le decía que se fuera mucho a la tiznada. Después, una mañana, días después, vino corriendo una de las niñas para pedirme que fuera a ver a su mamá, que se estaba desangrando. Corrí a la casa y cuando vi que se estaba vaciando, llamé pronto a la ambulancia. Ya sabes cómo tarda la ambulancia para llegar al barrio. Para cuando llegó, ya estaba pálida, color de cera. Duró sólo unas horas en el hospital y allí murió. ¡Lo que son capaces de hacer las mujeres por no perder a un hombre! Sí, al verse de nuevo embarazada y sin tener a quien acudir, se metió un gancho de la ropa, para que se le viniera. Ah, hija de mi alma, no vayas a hacer nunca una locura semejante. Si alguna vez te ves en tales aprietos, tenlo nomás. Ya encontraríamos cómo cuidarlo. Aunque, sí, tienes razón, tu papá se moriría de vergüenza. Mejor no te metas en tales líos, hija.

Le pedí que me lo contara cuando vine de San Antonio para el funeral de Antonia; fue al verla allí en la casa mortuoria que decidí tener el bebé, no importaba lo que pasara. Cuando lo supo Ricardo se enfadó conmigo y me dijo que él no quería casarse. Le dije que estaba bien, que lo tendría yo sola, pero parece que su mamá le dijo que debía casarse, para darle el apellido a la criatura, y así fue. Hicimos las paces, nos casamos; se vino a vivir a mi departamento y un año después, me pidió el divorcio. En mi familia nunca había habido un divorcio. Así que eso también fue doloroso para mi papá, tanto o más que el "sietemesino" que tratamos de hacerle creer. Aunque . . . después fui la primera de varias primas que se divorciaron. La nueva generación. Después, cuando me ofrecieron trabajo en California, con esta compañía de *software* para las computadoras, me vine con la niña que ya para entonces tenía cinco años. Aquí me ningunearon lo que quisieron por muchos años hasta que me sentí segura y comencé a exigir lo que hacía años me debían. Cambiaron el personal dirigente y por fin pude lograr el ascenso en *Marketing*. Con ello vinieron más presiones y tensiones y los viajes constantes. Y la niña ha ido creciendo, casi sin darme cuenta. Allí va llegando. A esa Mari tengo que hablarle; es una desconsiderada, no aprecia lo que hago por ella. Por ella y por mí. Porque me he ido llenando la vida de trabajo, de trabajo y a veces de Alfredo. A lo mejor me llama de San Francisco.

—¡Mari! ¡Mari! Ven acá un momento. ¿Dónde has estado?

Por fin llegó la Mari; viene como endrogada. Pero me alegro que esté aquí Hilda, para que la vea, para que se entere, porque cuando yo trato de decirle algo, como que no me escucha, como que no quiere oír lo que no le conviene. Esta vida moderna, ¡quién la entiende! Ya son las nueve. Me haré un taco yo también de las fajitas que le calenté a Hilda y me iré a ver el Canal 34. Aquí ya casi ni se cocina, ¿para qué? Cualquier cosa para hacerse una un taco. Ni modo que cocine para mí sola, porque ni Hilda ni Mari acostumbran cenar aquí. A ver qué dice el horario de televisión. Recuerdo que antes lo único que había eran los programas por radio que agarrábamos de noche de México. Manolín y Chilinski. Palillo. Las novelas, "El derecho de nacer." El programa del Doctor I.Q. No sé cómo le hacíamos; no había alcantarillado, no había pavimentación, no había más que pisca de algodón. Y ahora, todo tan moderno, todo tan grande, pero todos tan desunidos, toda la familia regada por todas partes. Los muchachos en Maryland y en Minnesota y yo en California. Ahora como que ya los hijos y los padres ni se hablan; los vecinos no se visitan. Aquí ni conocemos a los vecinos de al lado siquiera. Sólo a la gente de la iglesia, y eso porque tengo carro y puedo ir hasta la iglesia mexicana los domingos, porque si no, ni eso. Aunque tengo que ir sola, porque aquí ya nadie quiere saber nada de iglesia ni de nada. M'hija creo que hasta se ha hecho atea. Pero por lo menos yo sigo yendo y allí veo a mi gente mexicana. No, si es como le digo a mi comadre Pepa cuando me llama de Texas, la ciudad es muy diferente; aquí constantemente estoy oyendo la sirena de la ambulancia o de la policía. Enfrentito mismo de la iglesia balacearon el otro día, dizque por error, al vecino de doña Chona. Que cosa de "gangas," de pandillas, de muchachones que no tienen ni adónde ir, ni dónde trabajar, ni más que hacer que andar en la calle sin que los padres tengan idea de dónde andan. Así como nosotras, que no sabemos ni adónde va la Mari, ni con quién, ni qué hace. Me temo que ande con esas mugres, que se inyectan o fuman, y uno aquí como si nada. ¡Como si nada! ¡Y ni modo de meterme! Yo aquí ni papel pinto. ¿Qué se le va a hacer? No hay más que distraerse un poco, porque yo también tengo mi droga, la tele. Ya es hora de ver "El maleficio." Y después viene "Trampa para un soñador." Sólo en las telenovelas se resuelven todos los problemas, en seis meses o en un año; será porque todas las historias son de ricos y con dinero lo arreglan todo. Pero en la vida real, en la vida de los barrios, en la vida de los que duermen en la calle, las cosas parece que sólo van de mal en peor. Por este camino no sé adónde vamos a llegar.

He Rolled Up His Sleeves

He adjusted his tie and now the knot was straight. His starched shirt looked sharp. Julio Jarrín ran his hand along the lapels, smoothed out the jacket and gave a final touch to his mustache. Then he left. It was still early. The meeting was set for 4:00 but considering it was rush hour it would still take him a while to get there.

He got in the car and three minutes later he was on the freeway on-ramp heading north. The traffic was so bad he could only travel at 40 m.p.h. It was going to be a difficult case and the vote might come out unanimously negative; but there was another option. Even if he was denied tenure—and that was almost a foregone conclusion—well, they could always offer him some sort of lectureship, some kind of teaching position in the department. All of a sudden the traffic came to a complete standstill. He took advantage of the wait to remove his jacket.

Now he never went anywhere without a suit and tie; without the obligatory professional uniform he might be taken for an undocumented worker. That's what he told the mirror each morning as he saw himself tall, dark and mustachioed. But dressed in a suit and tie no one would make that mistake. He recalled when he had arrived in Los Angeles to assume his first teaching position at the university. He'd been invited to a welcoming reception for new professors at a colleague's home. It was back then in the early '70s   87 that he had his first contact with those unbearable Southland heat waves that only later did he find out were called "Santa Ana Conditions." The intense heat and humidity took its toll on the coastal communities unaccustomed to a tropic-like climate. He'd worn a short-sleeve sport shirt to the meeting that day, precisely on account of the heat.

Once there he had been introduced around to various professors and after chatting for awhile he had headed towards the open bar to get himself another wine cooler. As he walked away from the bar he heard the voice of an older woman, the wife of one of the senior professors, calling out to him: "Hey boy," she had said, "you can bring me another margarita."

He acted as if he hadn't heard her and walked away toward the kitchen where he chatted with people in there, including the Latina wife of an Anglo professor. In speaking to her he used Spanish but he noted that she replied consistently in English. When the group in the kitchen dwindled and for a moment they were the only two there he had tried to steer the conversation toward the problems faced in academia by minorities, but he was unable to interest her in the subject.

"Oh no, there's no discrimination in California. I've never experienced any discrimination whatsoever in the fifteen years that we've lived here. My husband and I just love this area, particularly the beach area. We have a place right on the beach, you know, and it's so lovely. My sons just love it; they're really into surfing, you know . . ."

He never brought the subject up again with anyone. His professional ambitions led him to distance himself from anything that could associate him with those working class minorities. The first thing was to change his appearance. Never again did he leave home without a coat and tie, not even the time he had to rush

to the hospital when he'd cut his hand working in the back yard.
First he'd showered, changed clothes and only then—wearing his suit—had he rushed to the emergency room to get medical attention for his hand. *He* wasn't Mexican. *He* was an American, with the same rights and privileges as any Anglo-Saxon.

It was a time of campus protests, of calls for cultural nationalism and brown and black power, but he placed himself far above all that. When the Chicano students at his campus had come to him to ask his support to create a Chicano Studies program he told them that he would do all he could in his official capacity as a faculty member, but that it needed to be clear that they shouldn't expect him to back them in their protests and demonstrations. *He* wasn't a Chicano. More than once in his class lectures he had pointedly addressed his minority students and spoken to them about the lack of drive of the Mexican people and insisted that they had to study and excel so as not to be so mediocre. Down deep he felt ashamed of them.

As a result, his contact with both Chicano students and professors had been minimal throughout the years. The disdain was mutual, however. He considered them intellectually inferior and unmotivated for not following the path he charted for them. There were other ways of bringing about change. Talent, drive and individual effort, that's what it took. But since those times so much had happened, so many things had taken place that he preferred not to think about it.

The idea of attending the meeting to which he was going didn't please him a bit. It was certain to be a difficult case. It was about a Black faculty member, Professor Jones, a good enough professor, but with few publications. A typical case. He'd spent too much time teaching and not enough doing research and everyone knew that teaching wasn't what really counted for the administration or for the departmental colleagues who would be reviewing his file that day. Of course he had the support of the minority students, but that didn't count for much these days. Even the minority faculty would not be supportive. No one wanted to risk his skin. No one wanted it thought that he didn't have high enough standards when it came to evaluating a colleague. Some wouldn't back him because they wanted to gain favor with the campus administration or with the department chair. He wouldn't be able to support him either. He and his wife had talked about it that morning.

"I'm sure that Black professor can still find some other position at another university without too much trouble. His work isn't outstanding or anything like that and I'm sure they're going to give him the ax at today's meeting."

"But, didn't you say he had a book published recently?"

"Yes, but it's not an important piece of work."

"Still, you said they granted tenure to Professor Smith and didn't you say that what he had wasn't outstanding either?"

"Look, you know as well as I that if you've got the right connections there's no problem with anything, and that bastard Smith had worked for the State Department and had lots of support among the administration."

"And, well, what about the demonstration yesterday? It came out in all the papers about minority students on campus demanding that this Black professor be granted tenure."

"Oh, they think we're still in the '60s. Those times are past. You saw what the chancellor did, didn't you. He called out the police and had them all arrested."

"Right. The sit-in at the chancellor's complex. The paper said he was willing to have heads busted as long as they took them out of his office."

"Aha. I've told you that man is dangerous. He panicked and lost it. Everything could have blown up right there. He's weak and when things get tense he's willing to take any measure to feel in control of the situation."

"Well then, shouldn't that be enough reason to support Jones? I mean, you know how hard it's been to recruit minority professors to this campus."

"That's the truth. I had a hand in bringing in the three that were in my department, and I did it using my own connections—without sit-ins or protest marches, you know."

"I know, I know, Julio. But how many of them are left. They were all booted out and this one is the last one left, the only minority professor you helped to bring that's left. None of the others survived. Not a one."

Yes, it was difficult to survive, but he had done it, he had made it, hadn't he? He was a senior professor in his department, the highest rank. But that was because he knew how to work hard and blaze a trail for himself, not as a "minority professor" but as an outstanding professor, someone to reckon with in his field, a scholar with a long list of publications.

He came to the freeway exit, drove up towards the campus and headed towards the Social Sciences building. He got out, put on his coat and went into the building, stopping off to get his mail before going to his office. On his desk was a stack of exams to be graded. He looked forward to reading one student's exam in particular; Alejandro Ramírez was a fine student. He had a working-class background but he was very, very intelligent. He could have been his son. Next to the exams was the campus newspaper with photos of yesterday's student protest. One had the chancellor looking at a campus policeman; the caption below quoted him saying:

"Demolish the place if you have to. Just get them out." He looked out the window onto the tree shaded campus with its well-kept lawns and shrubbery. It did in fact look a lot like a country club. And he was a member of that country club, a member for life.

A few minutes later he walked over to the room where the departmental meeting was to be held. First the ad hoc committee read its report and then the discussion of the case ensued. It was agreed that Jones was a good instructor, he had lots of students, but it was suggested that this was the case because his courses were easy, that he was not demanding enough. He did have a published book, but it was much like the topic of his dissertation, and after all, the topic,—a Black labor leader in the 1930s—wasn't really a scholarly topic; it lacked legitimacy; the work itself was at best of fair to middling quality; despite receiving good reviews, the book lacked methodological rigor; it wasn't what one would expect from a faculty member at this department, at this university. The discussion went on and on, without anyone saying anything in favor of Professor Jones's case. Finally, the only other Black professor in the department—an African professor from Nigeria—spoke up, saying that he too agreed with the departmental consensus. He proposed that they offer Jones a teaching position of some type, as a lecturer perhaps, something that would at least provide him with a job. But the department rejected that as well.

It was then that Julio opened his mouth for the first time at the meeting. He reminded them that he had been instrumental in bringing Jones to the department. He brought up the fact that prior to that time the department had never offered any classes dealing with the history of minority groups. He had them recall that the university had a duty to address the educational needs of the growing minority population of the state. He reminded them

that they had an abysmal record in terms of the recruitment of minority students and that never in all the department's history had
there been a black graduate student. He spoke of the burgeoning
field of minority studies and the foundation scholarship yet to be
done. He asked them to recall their own professional and scholarly
development at Jones's age. He brought up other tenure cases—
mentioning some faculty members present in the room—whose
promotion had gone through without any problem merely on the
grounds that they showed "promise" of scholarly growth and fu-
ture accomplishments. He went on for half an hour. As he spoke
to them, bringing up additional contextual issues supporting the
proposal for tenure, he realized that he avoided making specific
reference to Professor Jones's work. He stopped for a moment and
then, taking a deep breath, said: "I believe Professor Jones deserves
tenure on the grounds that his work holds undeniable promise, because he is a pioneer in a new and unexplored field that has had little
scholarly attention given to it. He is a fine professor, a productive
member of this department, and moreover, a scholar who is working on a period and on issues that have been historically ignored
by a department that chooses, on the other hand, to have no fewer
than fifteen professors of European history. I repeat, Professor
Jones should be granted tenure as a member of the department."

There was a long, awkward silence. The vote was called for and
shortly thereafter the results were read: twenty against tenure for
Professor Jones and one in favor.

His colleagues stood up from their seats and quickly left the
room. "After all, you know, the result was to be expected," re-
marked the chair of the department seemingly off the cuff.

He suddenly felt the full weight of his estrangement; the alienation was not an entirely new sensation. What was new was that

he recognized it for what it was. He had hidden behind the notion that he was a full-fledged member of the dominant academic community. Now Professor Julio Jarrín was neither in with the departmental academic circle nor did he have a place in the minority community. His alienation was complete.

He left the building and paused for a moment to feel the sun before walking back towards his office. The truth was that none of them had survived. By the time he'd thrown the lifesaver towards Professor Jones, it was much too late. But it wasn't too late to do something, to again learn how to struggle. He took off his coat and loosened his tie. Shortly afterwards, he rolled up his sleeves.

Se arremangó las mangas

Se ajustó la corbata. El nudo se veía derecho. La camisa almidonada le lucía bien. Julio Jarrín se acomodó la solapa, se estiró un poco el saco y se dio el último cepillazo del bigote. Salió en seguida. Era temprano. La reunión empezaba a las 4:00 pero con el tráfico máximo tendría para rato.

Subió al auto y en tres minutos ya tomaba la rampa de la autopista hacia el norte. Era tanto el tráfico que tuvo que disminuir la velocidad a 40 m.p.h. Sería un caso difícil y la votación tal vez fuera totalmente negativa, pero había otra posibilidad. Si no aprobaban lo de la permanencia—y seguro que no lo aprobarían— pues podrían ofrecerle un puesto de instructor en el departamento. De repente el tráfico se paró por completo. Aprovechó para sacarse el saco.

Ahora siempre andaba de traje y corbata. Sin el uniforme de rigor podrían haberlo tomado por indocumentado. Así se decía cada mañana al mirarse al espejo. Alto, prieto y bigotudo pero trajeado para que nadie lo confundiera. Recordaba que cuando recién había llegado a Los Ángeles a trabajar en la universidad lo habían invitado a una recepción en casa de un colega donde daban la bienvenida a los profesores nuevos. Allá por el verano de 1970 fue cuando tuvo su primer contacto con esas insoportables oleadas de calor que después supo que se llamaban la condición "Santa Ana." El cambio de temperatura atontaba a las comunidades costeras no 95 acostumbradas a un clima tropical. Ese día había ido a la reunión en camisa sport de manga corta, como los otros colegas.

Le habían presentado a varios profesores y después de un rato de charla se había dirigido a la mesa de refrescos para prepararse de nuevo un *wine cooler*. Al retirarse de la mesa, oyó la voz de una señora mayor, esposa de uno de los profesores, que lo llamaba:— *Hey, boy*—, le había dicho,—*you can bring me another margarita.*

Disimulando, haciéndose el que no había oído, se había ido a refugiar a la cocina donde conversaba la mujer latina de un profesor anglosajón. Le dirigió unas palabras en español pero ella le contestó en inglés. Cuando quedaron solos por un momento, trató de dirigir la conversación hacia los problemas de los grupos minoritarios en el ambiente académico, pero no logró interesarla.

—*Oh, no, there's no discrimination in California. I've never experienced any discrimination whatsoever in the fifteen years that we've lived here. My husband and I just love this area, particularly the beach area. We have a place right on the beach, you know, and it's so lovely. My sons just love it; they're really into surfing, you know . . .*

No había vuelto a mencionar la situación a nadie. Su ambición profesional lo llevó a distanciarse de todo lo que pudiera asociarlo a esas minorías de clase obrera. Lo primero fue cambiar su apariencia. Nunca más volvió a salir fuera de su casa sin traje y corbata, ni aun cuando se había tenido que arrancar al hospital el día que se cortó la mano al trabajar en el jardín de su casa. Primero se había bañado, cambiado de ropa y ya de traje había salido al cuarto de emergencia del hospital más cercano a recibir atención médica. No era mexicano. Era americano, con los mismos derechos que tenían los anglosajones.

Era la época de las protestas estudiantiles, del culturalismo nacional, pero él estaba muy por encima de todo eso. Cuando los estudiantes chicanos de su universidad habían acudido a él para pedirle apoyo para establecer un programa de Estudios Chicanos, les había dicho que haría lo que pudiera desde su capacidad oficial, como profesor, pero que no esperaran que los apoyara en manifestaciones ni en protestas. Él no era chicano. Más de una vez, desde el atril donde dictaba sus conferencias, se había dirigido a sus estudiantes minoritarios para quejarse de la dejadez del pueblo mexicano, recomendándoles que estudiaran para que dejaran de ser mediocres. Se avergonzaba de ellos.

Su contacto con los profesores y estudiantes chicanos, por lo tanto, había sido mínimo. Lo despreciaban. Y él a ellos. Los consideraba tontos e inferiores por no seguir el camino que él les señalaba. Había otras maneras de lograr cambios. El talento y el esfuerzo individual, eso era lo que valía. Pero desde esos tiempos habían pasado tantas cosas, tantas cosas que prefería olvidar.

No le alegraba para nada la reunión departamental que le esperaba. Sería un caso difícil. Se trataba de un profesor negro, el profesor Jones, buen profesor, con pocas publicaciones. Un caso típico. Se había dedicado más a la enseñanza que a la investigación y eso no contaba para la administración universitaria, ni para sus colegas departamentales que lo evaluarían ese día. Claro que tenía el apoyo de los estudiantes minoritarios, pero eso poco contaba en estos tiempos. Ni los profesores minoritarios del departamento lo apoyarían. Nadie quería arriesgar el pellejo. Nadie quería ser tachado de tener un criterio inferior para juzgar al colega. Algunos no lo apoyarían porque querían quedar bien con la administración o con el jefe del departamento. Tampoco él podría apoyarlo. Lo había conversado con su mujer esa mañana.

—Ese profesor negro aún puede colocarse en otra universidad sin mucha dificultad. Su trabajo no es sobresaliente, ni mucho menos, y me temo que le den el hachazo hoy mismo.

—Pero, ¿no dices que tiene un libro publicado?

—Sí, así es, pero nada de calidad.

—Pero, ¿no le dieron el *tenure* al profesor Smith por poca cosa?

—Mira, bien sabes que para los que tienen palanca, no hay estorbos, y el cabrón Smith había trabajado para el State Department y tenía el apoyo de la administración.

—Y, ¿qué de la protesta de ayer? Salió en todos los periódicos que los estudiantes armaron una manifestación muy grande pidiendo la permanencia para el profesor negro.

—Creen que todavía estamos en los '60. Si esa época ya pasó. Ya viste lo que hizo el Presidente de la Universidad. Mandó llamar a la policía y los arrestaron a todos parejos.

—Sí, el periódico dice que estaba dispuesto a romper cascos con tal de sacarlos de su oficina donde se fueron a sentar en plan de protesta.

—Sí, sí, es un tipo peligroso. Le entró un pánico y perdió el control. Pudo hacerse un gran desmadre allí. Es un líder débil y dispuesto a cualquier cosa para sentirse en control de la situación.

—Y por eso mismo, ¿no crees que habría que apoyar al joven negro? Bien sabes cuánto ha costado traer a los pocos profesores minoritarios que hay.

—Sí, a los tres que hubo en mi departamento, los traje yo, pero sin protestas ni manifestaciones, usando mi propia palanca.

—Sí, sí, Julio, pero ¿cuántos de esos quedan aún? A todos los han botado y éste es el último, el último de los profesores minoritarios que tú ayudaste a traer. Ninguno ha sobrevivido. Ninguno.

Era tan difícil sobrevivir, pero allí estaba él. ¿Acaso no había sobrevivido? Hasta había alcanzado el nivel más alto de profesor en su departamento. Y eso porque había sabido trabajar duro y abrirse camino, no como profesor minoritario sino como profesor

capacitado, excelente en su campo, con una lista de publicaciones
en su expediente.

Llegó a la salida de la autopista, con rumbo hacia la universidad y subió un corto trecho más hasta el edificio de Ciencias Sociales. Bajó, se volvió a poner el saco, entró al edificio y se dirigió a su oficina. Allí sobre la mesa estaban los últimos exámenes de sus alumnos. Había uno en particular, el de Alejandro Ramírez, que era sobresaliente. Un joven estudiante de clase obrera, pero inteligentísimo. Podría haber sido su hijo. Al lado de las pruebas estaba el periódico universitario, con fotos de la manifestación estudiantil. Había una del presidente universitario, con la cara airada ante un policía. *"Demolish the place if you have to. Just get them out."* Así decía el título al pie de la foto. Se puso a mirar por la ventana. El campo universitario se veía verde, con sus árboles y sus aceras muy bien cuidadas. Un verdadero *country club*. Y él era miembro de este club campestre, miembro vitalicio.

Entró al salón después de unos minutos para la reunión departamental. El comité de profesores presentó la evaluación y siguió la discusión. Era buen profesor, atraía a cantidades de alumnos, pero porque era fácil, porque no exigía mucho. Tenía un libro publicado, pero era parecido a su tesis doctoral, y después de todo, el tema—el trabajo laboral de un líder negro durante los años '30—no era realmente académico, le faltaba legitimidad, el trabajo en sí era mediocre, y aunque tenía buenas reseñas y aunque la casa editorial había conseguido muy buenas evaluaciones, le faltaba metodología; no era lo que se esperaba de un profesor universitario en ese departamento, en esa universidad. La discusión siguió, sin que nadie aportara nada a favor del profesor Jones. Por fin habló el otro profesor negro del departamento, un profesor de Nigeria, para darles toda la razón. Pidió que le concedieran a Jones, aunque fuera un cargo menor, algo que le garantizara empleo. Pero tampoco esto les pareció bien.

Fue entonces que Julio abrió la boca. Les recordó que él había traído al profesor negro. Les recordó que antes no se habían dado clases de historia minoritaria en ese departamento. Les recordó que la universidad tenía una obligación, un compromiso con las comunidades minoritarias que aumentaban cada año y que algún día serían la población mayoritaria del estado. Les recordó que tenían un récord atroz en cuanto al reclutamiento de estudiantes minoritarios. Les recordó que no había ni un solo estudiante graduado negro en el departamento. Les habló de la investigación que estaba por hacerse en los campos minoritarios. Les hizo recordar su propia producción a esa edad. Les mencionó precedentes de otros profesores, algunos allí presentes, que habían recibido su cargo vitalicio con poca producción cuando esto sólo indicaba posibilidades de crecimiento y mayor brillantez en el futuro. Les habló por treinta minutos. Al ir hablando se dio cuenta de que no se atrevía a alabar al profesor Jones profesionalmente, tratando siempre de encontrar razones contextuales para fortalecer su propuesta de que le permitieran permanecer como miembro permanente del departamento. Calló un segundo y dijo: "Creo que el profesor Jones merece el tenure porque su trabajo promete mucho, porque es un pionero en un campo poco explorado que ha suscitado poca investigación. Es un buen profesor, un miembro productivo de este departamento, interesado en períodos y contextos históricos totalmente ignorados por este departamento que prefiere tener quince profesores de historia europea. Repito, el profesor Jones merece recibir el *tenure*."

Hubo un largo silencio. Se llamó a la votación y brevemente se anunció el resultado: veinte en contra del profesor Jones y uno a favor.

Se levantaron sus colegas y salieron rápido del salón. Era de es-
perarse, le dijo el jefe del departamento.

Sintió de repente su alienación. No era una sensación nueva. Lo nuevo era reconocerlo. Se había refugiado en la apariencia de ser parte del grupo académico mayoritario. Y ahora el profesor Julio Jarrín ni formaba parte del círculo académico departamental ni formaba parte de la comunidad minoritaria. Su alienación era completa.

Salió al sol, al pasto verde. Ninguno había sobrevivido. El salvavidas lo había arrojado demasiado tarde para salvar al profesor Jones. Pero no era tarde para volver a empezar, no era tarde para aprender a luchar. Se quitó el saco y se aflojó el nudo de la corbata. Poco después se arremangó las mangas.

The Fields

So many things keep happening that you don't know what to think sometimes. But you know, I probably would have done the same thing, although, who really knows. I'm telling you, though, it's getting to be almost like a war zone out here and the ones they go after always lose out. Yeah, it really is sort of like the Floral Wars of the past, but now it's the sons of the eagle who go out in search of victims and it's still the sons of the subordinate tribes getting hunted down in the flower fields.

When Demetrio crossed over the border back to Mexico he had two thousand dollars on him, money that he and his wife had saved up from a whole year's work, until he had the bad luck to get deported. By the time he made it back over the Otay Mesa crossing all he had with him were two broken ribs and a badly bruised face. As soon as I heard he had been brought into the hospital where I work, the first thing I did was to go look for Herminia. I walked all over the new condominium construction site near where I live hoping to find her still working with the landscapers, but by that hour there was no one around watering, trimming or even cleaning up. When I finally came to the latest block of condos to go up, there were still some men putting down some of that instant grass that comes in rolls; they were the ones that told me that Herminia had gone to see her cousins. I'd heard that whole families—men, women and children—hid and lived in the brush

and chaparral surrounding most of the North County flower
fields, especially to the east of the lagoon. Herminia had told me
what it was like out there, how they made trenches or dug out
holes in the hillsides to have some sort of shelter from the ele-
ments. I had a general idea of where Herminia's cousins might be
living, so I got in the car and went out there to look for her, following the paths left by the tractors that went out to work the rows
of ranunculus or gladioluses. When I got to the end of the flower
fields I stopped the car and started walking up the hill, hoping to
find them before it got too dark. I thought I had some idea of the
conditions, but imagining it and actually seeing the caves they
were living in were two entirely different things. When I got close
to where they were, I first saw clothes out to dry on the bushes and
then a group of people sitting or lying on the ground around a
makeshift fire heating up tortillas and *frijoles* from a can. For a
minute I couldn't help thinking I was seeing the old Cartolandia
over in the Río Tijuana area, before all the building started in that
part of Tijuana. I knew what farmwork was about because I'd
picked cotton as a kid and so nobody had to tell me what working
under the scorching sun was like, but at least we always had tents
or shacks or even chicken coops to go to sleep in; this was living
like a rabbit underground—like gophers or something—with no
water, no toilets, not even a roof except for some branches and
grasses thrown over the top of the hole for shelter.

I asked if Herminia was there and they pointed to a group of
people crouched around in a circle over to the left. She was asking
around to see if anyone had crossed over lately and had seen or
heard from Demetrio; she'd heard rumors already that he'd headed
back to Oaxaca and was worried because it was taking him too
long and she didn't know what to do or think anymore.

I called her over and told her what had happened. She seemed to freeze in place when I told her that Demetrio was in the hospital. When I offered to take her to the clinic, first she agreed but then thinking that they might pick her up when she went in, she asked me to go and find out how he was and what had happened. She came back down with me and I dropped her off at the trailer she and Demetrio rented at the builders' construction site and I drove down to the university hospital to see him.

He was bandaged up, alert and ready to go back to work. What hurt him the most about the whole thing was losing the money that had cost them so much time and effort.

They discharged Demetrio the next day and they were waiting for him at the hospital entrance to deport him again, but less than twenty-four hours later he was back at the trailer with Herminia. When I went to see them a few days later Demetrio was back at work with the landscapers at the condominium complex.

I didn't hear from them until about two months later when I got a telegram for Herminia at my place saying that her father was very ill; she left for Oaxaca immediately and I agreed to go to San Ysidro to pick her up whenever she called to say she was back. Days and weeks went by and when the landscaping work at the condo complex ended Demetrio went to work in the vegetable fields with Herminia's cousins. A few days later his younger brother Hernán arrived and I went down to pick him up in Barrio Logan where they'd dropped him off. He was fifteen years old, but looked a few years younger because of his slight build. I took him over to the fields where I knew they were working now and his cousins took care of getting him some work.

My work and my own worries—I was trying to get a transfer from gynecology to pediatrics—kept me busy and out of contact with my friends, until one day on my way home I saw Demetrio and Hernán and two other men walking down the street that leads

to the freeway. I stopped and said hello and they told me that the
tomato harvesting was about over and that they'd be going to work
over near Fallbrook where the grower had more fields. When I
asked about Herminia they told me that since her father was still
sick she wouldn't be coming back right away but when she did
she'd join them.

After that I didn't see them for a while until what you know happened, happened.

I had just gotten back from a seminar on malnutrition in minority children in the U.S. put together by a group of Puerto Ri-
can doctors in New York. I was exhausted from the trip and just
wanted to lie down and sleep; I picked up the paper and was about
to put it down thinking I'd get to it later when I saw the headlines
and the photo of Demetrio on the front page. I put my shoes back
on and went straight to the jail in Vista to talk to him. You know
the rest, of course. What I want you to do is to take the case on and
defend him if that's what's needed.

* * *

It was dark out but the moonlight backlit the eucalyptus tree
branches that covered the hole where Hernán and I slept. Each of
us had his own blanket; I was using a rolled up t-shirt as a pillow
and was lying on my back smoking my last cigarette before going
to sleep. I kept thinking about Herminia and about how she hadn't
returned yet and it seemed to me like forever since she'd left. I
knew when she got back to Tijuana she'd call Manuela, the nurse
in Carlsbad, who'd come and let me know so I could go pick her
up. Everyday when we walked back from work I'd look for her,
hoping to see her driving up the street leading up to the flower
fields—but no luck so far. There was no phone in San Juan, so
there was no way to call and see how she was. I'd have to call San

Pedro Apóstol, but they'd have to go over to the village to get them and I'd have to be there waiting the whole day for the callback, and I just couldn't do that, I had to work.

It had been a hard day picking strawberries. I could see the smoke from the cigarette as it rose up through the branches and I felt myself slipping into sleep. I put the cigarette out on the ground and turned on my side, trying to find the spot that was least hard so I could fall asleep.

It was nighttime when we got to the farm workers' camp near Fallbrook. This was Dale's and Tom's third raid but only my first. In the distance I could make out what looked like bushes a little beyond the strawberry fields. "Hell, those ain't no bushes. Those are beaner hooches." I followed the two silhouettes up the hill to the workers' hovel. In the dark only the casing of Dale's flashlight and the kerosene can glistened in the moonlight.

I was almost asleep when I heard a noise outside and instinctively opened my eyes. Sometimes a cat or a snake would make its way into the hole but tonight only the sounds of the night were out there; that was all. On the other side of the hill the others were probably asleep by now too in their makeshift trenches covered by branches—covered with camouflage like in a battlefield. That's what Hernán had said when he saw where we stayed. Hernán and his childish ideas. I closed my eyes again and tried to go back to sleep.

"We gotta get them beaners up in the hills! Give them a good scare, rough them up a bit so they'll go back where they came from." I'd heard about the raids before and seen them running about plotting their next adventure. Now Dale had that look in his eyes again. "Get your gear and meet us by the bus stop in thirty minutes. We're going hunting," he chuckled. When they picked me up later in Dale's truck, I could see that they were all gung ho and in full gear. It was my first secret mission.

I felt the night tugging at me and pressing against my neck. It was Herminia who was asking me to help her get away from the *polleros* in the hills around the Otay Mesa crossing. From the other side of the hill where I was I could see her running and yelled to her asking why she hadn't called me like we'd said. I was telling her to go back, to head back to Colonia Libertad on the other side when I woke up. When I opened my eyes I saw a face, but it wasn't Herminia's; it was that of a skinny clean shaven man right in front of my face. "Where's your money, you dirty Mexican?" The surprise and his fist against my chest as he held me by the shirt collar made my breathing hard. I looked towards where Hernán was supposed to be and saw that they were dragging him outside: "Demetrio, Demetrio," he called out and you could hear the fear in his voice. "Demetrio, they've got me. Help me, Demetrio!"

It was not a deep hole. After shining his light on the branches, Dale moved one over a bit and crawled into the hooch. In the light I could only make out the back of his short cropped hair and the circling beam. He moved forward, pulled out his knife and whispered back: "Only two of them. Shit." Tom and I stepped in then, knocking off some branches in the process. "You two drag that one over there out. I'll take care of the bigger one." Dale grabbed the man's shirt, shook him up to wake him, while we grabbed the other one's feet and pulled him outside. By this time Dale had his knife to the man's throat: "Where's your money, you dirty Mexican?"

I tried to get to my feet but then stayed still; I couldn't see it, but I could feel the blade on the side of my neck. "Come on, the money, you filthy beaner!" He grabbed me by the hair and showed me the knife and yelled "Money, *dinero, pronto!*" My "Sí, sí," came out almost a whisper and my hands searched my pockets hoping to bring out whatever it was they wanted. "Three lousy bucks! Is that all you got? Hey, Tom, bring in the rope and the can." The tone of voice told me we were in trouble and I struggled even harder to get away from the uniformed shadows that the night had brought.

We pushed the other one against the tree and tied him, while I put my gun in his mouth. "Where's your money, *dinero?*" I began searching his pockets. "*¡Déjenme! ¡carajo! ¡déjenme!, ¡Demetrio!,*" he kept repeating. I pulled out a bill from his back pocket. "This one's only got five bucks! Where's the rest of it? *Más dinero, más!*" "*Es todo lo que tengo. ¡No me mate,* don't kill me!" From inside we heard Dale call: "Hey, Tom, bring in the rope and the can."

Between the three of them they tied my hands and feet and poured kerosene all over my pants and the blanket I still had with me. From where I was on the ground I could see the stream of liquid as it fell. "Save some for the other one." Cardboard and another branch tumbled down from above as they went out from the cave and moved over to where they'd taken Hernán.

"What do you want? I already gave you what I had. What are you doing? Demetrio! Help me! Do something; they're pouring kerosene all over me!"

"O.K. Now give me the matches."

"Hey! I thought you just wanted to give them a good scare."

"The matches, you chicken-hearted shit. We'll teach these beaners a good lesson they won't soon forget."

"I don't have any."

"Let's check the guy in there for matches."

They took the matches I had in my shirt pocket. They were probably wet from the kerosene, I thought. And all that went through my head was that this had to be a bad dream.

The one with the knife tried to strike the match but it wouldn't light. Another. Nothing. "Oh, shit!" Then they went outside again.

I heard Hernán's screams and could make out three figures running down the hill. I got to my knees and started jumping like mad inside the trench trying to get out. I fell on the cardboard and my face hit one of the branches that had fallen and I could feel myself rolling sideways towards the entrance. That's when I saw Hernán tied to the tree, lit up like a torch.

The fire brought people from the surrounding hills and later the firemen and their truck. But it was too late. Their questions meant nothing to me. I couldn't speak, I had no voice left; it was gone from screaming so much and crying as I had tried and tried to get loose, tossing and beating about on the ground around me, without being able to do anything. They untied me at last, but only to put me into the *migra* van with the others.

I had no idea what I was going to tell my mother, because she especially had asked Hernán not to go,—said that she was frightened for him because it was getting too risky.

I still reeked of kerosene when they took us to the Tijuana border crossing in that van. Two days later I was back in Fallbrook. I tried calling you from Tijuana and then again when I got here but they told me at the hospital that you were out of town. I hadn't gotten a letter from Herminia for what seemed like ages. Between all of us in the hills we got together enough to have Hernán buried over here; after that I went back to the fields in Fallbrook and decided to wait for them to come back.

We kept our cool for several days, but soon we were itching to go out again. We were hooked on the adventure of it and the idea of a successful secret mission; besides, it had been on TV. The more I thought of it, taking risks out in the boonies against the beaners was the closest thing to what was awaiting us in Central America or wherever we were going. At least that's what our platoon sergeant was always saying that we were training for. I couldn't wait to hit the Nicaraguan beaches. In the meantime, these raids were the closest thing to a Nam in our own backyard. That very night I went looking for Dale.

It was at night. That afternoon I'd gone to see if you were back but I understood from the gestures the neighbors made that you hadn't returned yet. I still hadn't heard from Herminia and all I did was think about her and Hernán. Me and Julián, my *compadre,* shared a trench now, not far away from where it had happened. The hole was deeper than the other one and covered with many more branches and brush to camouflage it. Hernán would have appreciated how well the setup blended into the hillside. I tried to get some sleep as soon as we got back from the fields. I wanted to be awake and on guard later as I waited for them. I just knew they would be back and this time I would be ready for them.

The three of us went out after midnight to the same place where we'd gone before. There, behind the charred tree that we had seen on TV, was an exposed hole but no Mexicans. Dale pointed to a bushy area a little further up the hill and we began poking around once we got there till we spotted an entrance into a deeper hole. "Bingo! Let's move this branch a bit so I can see how many are in there." "Gimme the flashlight!" Dale pushed his head into the hooch. "Only two again. Let's get 'em." This time we made a big ruckus going in. But before we could grab one, we heard what sounded like machine-gun fire. No, of course I don't know who did it. After I was hit, I just lay there till you found me. It was too dark. You're telling me Tom and Dale are dead?

This time I heard them and as they came closer I could hear them whispering to each other. I got myself ready and sat up with the sawed-off shot gun pointed at the entrance. I waited until they

were inside and one of them yelled "O.K. you dirty beaners. Get
up!" All I know is that I fired more than once. For Hernán. For me. For Julián. For Herminia. For the ones that get hit crossing the freeway. For so many others out there. After that, me and Julián ran first to warn the others and then to hide in the flower fields.

They've had me in here at the Vista Jail over two days now and they keep on interrogating me, asking me questions and more questions about what happened up in the hills and if there is any connection between this and what happened to Hernán. They want me to tell them what I know, but you have to explain to them that I don't know anything about it; I don't know anything. Tell them that I've been living and working in the greenhouses in Leucadia for a while now; ten of us share a converted garage and I think I'll stay there, at least until Herminia comes back and then we'll see. You'll let me know, won't you, as soon as you hear from her? And if they catch me and send me back again, well, I'll manage to get back here in a few days and I'll call to let you know I'm here again. Because, there's no way I can go home now, is there?

Las granjas

Pasan tantas cosas que a veces una ya ni sabe qué pensar, pero viéndolo bien creo que yo habría hecho lo mismo, aunque, ¿quién sabe? Porque esto ya es como un frente de batalla en el que los perseguidos la llevan de perder. Sí, algo así como la guerra florida de antes pero ahora son los hijos del águila los que cazan víctimas y son de nuevo los hijos de las tribus subordinadas los cazados en las granjas de las flores.

Cuando Demetrio cruzó la frontera llevaba dos mil dólares en el bolsillo, dinero que él y su mujer habían ganado trabajando todo el año, hasta que él tuvo la mala suerte de ser deportado. Para cuando volvió a recruzar la línea por Otay Mesa, lo único que traía eran unas costillas rotas y la cara negra de golpes. Cuando llamaron del hospital donde trabajo para avisarme, me fui a buscar a Herminia a los jardines del complejo de condominios nuevos que construían cerca de donde vivo, pero ya no había nadie regando por ningún lado. En la zona más nueva encontré a los trabajadores que sembraban las alfombras de zacate instantáneo, y éstos me dijeron que se había ido a ver a sus primos. Yo sabía que en las granjas de flores del norte del condado se escondían trabajadores y familias enteras, especialmente en las lomas al este de la laguna. Ya Herminia me había contado cómo vivían, que dormían en hoyos y zanjas que cavaban en el lomerío. Me fui a buscarlos en el carro, siguiendo el camino de los tractores a la orilla de los sembrados.

Al final del cultivo de flores estacioné el carro y subí la loma a pie,
esperando dar con ellos antes de que anocheciera. Ya me imagi-
naba cómo sería aquello, pero saber y ver las cuevas en las que se
escondían fueron dos cosas distintas. Cuando los vi allí tirados en
la tierra, calentando las latas de frijoles y las tortillas, con la ropa
colgada en las ramas, me pareció haber pasado a la antigua cartolandia de Tijuana. Yo había piscado algodón en mi juventud y
sabía lo que era trabajar cuando el sol rajaba, pero para nosotros
siempre había habido aunque fueran gallineros o casuchas o carpas
para dormir; aquello era vivir como topos, como conejos en sus
gazaperas, sin agua, sin servicio higiénico, sin techo más que el de
ramas y hierbas.

Pregunté por Herminia y me la señalaron entre un grupito en
cuclillas. Andaba tratando de averiguar si alguien allí había
cruzado la línea con su marido, si lo habían visto, si sabían de él,
porque ya corría el rumor de que se había vuelto a Oaxaca y Herminia no sabía qué hacer.

Le llamé para contarle lo sucedido. Se quedó tiesa cuando le
dije que Demetrio estaba en el hospital. Ofrecí llevarla a la clínica,
pero como temía que la agarraran al entrar, me pidió que mejor
fuera yo para que hiciera las averiguaciones. La llevé luego a la
treila que les alquilaba el contratista de los condominios y me fui
a verlo al hospital universitario.

Lo encontré vendado, alerta y listo para volver al trabajo. Lo que
más le dolía era perder lo que tanto esfuerzo y tiempo les había
costado reunir.

Al siguiente día al salir del hospital, ya lo estaban esperando
para deportarlo de nuevo, pero veinticuatro horas después estaba
en la treila con Herminia. A los cuantos días cuando pasé a verlos,
ya andaban los dos trabajando en los jardines de los condominios.

No volví a saber de ellos hasta que a los dos meses llegó un telegrama a mi casa de que el papá de Herminia estaba muy enfermo, por lo cual tuvo que viajar a Oaxaca de emergencia; yo quedé en ir a traerla de San Ysidro el día que me llamara para avisarme que ya había vuelto. Pero pasaron los días y cuando se terminó el trabajo de construcción, Demetrio se fue con los primos de Herminia a trabajar en una granja de verduras. A los pocos días llegó su hermano, Hernán, a quien tuve que ir a recoger del Barrio Logan, donde lo habían bajado. Era un chico de unos quince años aunque por su porte parecía aún más joven. Lo llevé a la granja donde sabía que ahora trabajaban y allí los primos se encargaron de conseguirle chamba.

El trabajo y mis preocupaciones personales (andaba haciendo el trámite para pasarme del departamento de ginecología al de pediatría) me distanciaron un poco de mis amigos, hasta que un día al ir rumbo a la autopista vi a Demetrio y a Hernán caminando con otros dos compañeros por la calle que daba a la carretera. Paré para saludarlos y me contaron que como ya había terminado la cosecha de tomate se iban todos a otra de las granjas del dueño cerca de Fallbrook. Puesto que el padre de Herminia seguía enfermo ésta no vendría sino hasta después.

Dejé de verlos por un tiempo hasta que pasó lo que Ud. ya sabe.

Acababa de volver de un seminario sobre la desnutrición de los niños minoritarios en este país, seminario que habían organizado unos médicos puertorriqueños en Nueva York, y con el cansancio del viaje sólo quería tirarme a dormir, pero al recoger el periódico del patio vi en la primera planilla los titulares y hasta una foto de Demetrio. Volví a calzarme y me fui derecho a la cárcel de Vista para hablar con él. Lo demás, Ud. lo sabe. Lo que quiero es que lo defienda, si es necesario.

* * *

Era de noche. La luz de la luna me permitía ver desdibujadas las hojas de eucalipto de las ramas que cubrían el hoyo donde Hernán y yo dormíamos. Cada uno tenía su manta; yo usaba una camiseta gruesa enrollada de almohada y así boca arriba me estaba fumándome el último cigarrillo antes de dormir. Herminia aún no había regresado y a mí ya se me hacía una eternidad. Sabía que el día que llegara a Tijuana habría de llamarle a Manuela, a la enfermera de Carlsbad, quien vendría a avisarme para ir por allá. Cada tarde que volvíamos del trabajo la buscaba en la carretera que conducía a la granja, pero nada. No había modo tampoco de llamarle porque allá en San Juan ni hay teléfono. Sólo llamando a San Pedro Apóstol, pero tendrían que ir a buscarlos al pueblo para que vinieran y para eso tendría que estar de pie esperando el llamado. Y eso, ¿cómo? Tenía que trabajar.

El humo se colaba por entre las hojas y cada vez más sentía que me deslizaba y me hundía en el sueño. Había sido un día pesado en la fresa. Apagué el cigarrillo hundiéndolo en la tierra y me volteé, tratando de encontrar el lugarcito menos duro para dormir.

It was nighttime when we got to the farm workers' camp near Fallbrook. This was Dale's and Tom's third raid but only my first. In the distance I could make out what looked like bushes a little beyond the strawberry fields. "Those ain't no bushes. Those are beaner hooches." I followed the two silhouettes up the hill to the workers' hovel. In the dark only the casing of Dale's flashlight and the kerosene can glistened in the moonlight.

Sentí ruido; instintivamente abrí los ojos. A veces algún gato o alguna culebra se introducía al hoyo. Por entre las ramas se colaba el ruido de la noche y nada más. Tras la lomita estarían los otros compañeros pero a estas horas ya todo el mundo dormía, seguro en su zanjita cubierta de ramas, como si fuera camuflaje en el

116 frente de batalla. Así lo había descrito Hernán. Hernán y sus chiquilladas. Cerré los ojos de nuevo y me dormí.

"We gotta get them beaners up in the hills! Give them a good scare, rough them up a bit so they'll go back where they came from." I'd heard about the raids before and seen them running about plotting their next adventure. Now Dale had that look in his eyes again. "Get your gear and meet us by the bus stop in thirty minutes. We're going hunting," he chuckled. When they picked me up later in Dale's truck, I could see that they were gung ho and in full gear. It was my first secret mission.

Sentí que la noche me estrujaba y me magullaba el cuello. Era Herminia que me pedía que la rescatara de los bandidos de Otay Mesa. Yo la retaba por no haberme llamado como habíamos quedado y le gritaba desde una loma que se volviera a la Colonia Libertad y en eso me desperté, pero al abrir los ojos vi la cara lampiña repegada contra mí: *"Where's your money, you dirty Mexican?"* La presión del puño cerrado sobre el cuello de mi camisa me ahogaba. Volteé hacia Hernán cuando sentí que lo arrastraban hacia fuera: "Demetrio, Demetrio," me gritaba. "¡Despierta! ¡Que me agarran! ¡Demetrio!"

It was not a deep hole. After shining his light on the branches, Dale moved one over a bit and crawled into the hooch. In the light I could only make out the back of his short cropped hair and the circling beam. He moved forward, pulled out his knife and whispered back: "Only two of them." Tom and I stepped in then, knocking off some branches in the process. "You two drag that one over there out. I'll take care of the bigger one." Dale grabbed the man's shirt, shook him up to wake him, while we grabbed the other one's feet and pulled him outside. By this time Dale had his knife to the man's throat: "Where's your money, you dirty Mexican?"

Traté de incorporarme pero el filo del cuchillo en la garganta me detuvo: "*Come on, the money, you filthy beaner!*" Con un tirón del pelo hacia atrás, me mostro el cuchillo: "*Money,* dinero, *pronto!*" "Sí, sí," le dije y comencé a buscar lo que traía en el bolsillo del pantalón. "*Three lousy bucks! Is that all you got? Hey, Tom, bring in the rope and the can.*" Comencé a forcejear con los duendes uniformados que había traído la noche.

We pushed the other one against the tree and tied him, while I put my gun in his mouth. "Where's your money, dinero?*" I began searching his pockets.* "¡Déjenme! ¡carajo! ¡déjenme!, ¡Demetrio!," *he kept repeating. I pulled out a bill from his back pocket. "This one's only got five bucks! Where's the rest of it?* Más dinero, más!" "Es todo lo que tengo. ¡No me mate, no me mate!" *From inside we heard Dale call: "Hey, Tom, bring in the rope and the can."*

Después de que me ataron las manos y los pies entre los tres, me derramaron el kerosén sobre el pantalón y sobre la manta. Desde el suelo donde estaba tirado veía cómo los hilos de líquido me caían encima. "*Save some for the other one.*" Tumbaron otra de las ramas que descansaban sobre el cartón de caja y salieron a donde estaba Hernán.

—¿Qué hacen? ¡Ya les di todo lo que tengo! ¡Demetrio! ¡Ayúdame, que me llenan de gasolina!

—*O.K. give me the matches.*

—*Hey! I thought you just wanted to give them a good scare.*

—*The matches, you chicken-hearted shit. We'll teach these beaners a good lesson they won't soon forget.*

—*I don't have any.*

—*Let's check the guy in there for matches.*

Me sacaron los cerillos del bolsillo de la camisa. Se habían mojado con el kerosén. Era como una pesadilla.

El del cuchillo trató de encender el cerillo pero no pudo. Otro y nada. "Oh, shit!" Salieron de nuevo.

Oí los gritos de Hernán y sentí que los otros se alejaban corriendo. Comencé a saltar en el hoyo como loco para salir. Caí sobre las ramas y el cartón y rodé hasta la entrada desde donde vi a Hernán ardiendo en el árbol como un mechón.

El incendio trajo a los amigos y a los bomberos pero fue demasiado tarde. Yo estaba afónico de gritar y llorar y de golpearme contra la tierra sin poder hacer nada. Me desataron sólo para subirme a la camioneta de la migra con mis otros compañeros.

No sabía cómo se lo iba a decir a mi madre, porque ella le había pedido a Hernán que no viniera, que no se arriesgara.

Nos llevaron en el camión hasta Tijuana, pero después de dos días ya estaba de nuevo en Fallbrook. Le estuve llamando desde Tijuana y después al volver, pero me dijeron que andaba Ud. fuera del pueblo. Entre varios compañeros juntamos para el entierro de Hernán acá y después volví de nuevo a la granja en Fallbrook para esperarlos.

We kept our cool for several days, but soon we were itching to go out again. We were hooked on the adventure and the idea of a successful secret mission; besides, it had been on TV. The more I thought of it, taking risks out in the boonies against the beaners was the closest thing to what was awaiting us in Central America. At least that's what our platoon sergeant was always saying that we were training for. I couldn't wait to hit the Nicaraguan beaches. In the meantime, these raids were the closest thing to a Nam in our own backyard. That very night I went looking for Dale.

Era de noche. Esa tarde la había ido a buscar a Ud. de nuevo pero los vecinos me dieron a entender que aún no había vuelto. Yo seguía sin noticia de Herminia y no hacía más que pensar en

Hernán y en ella. Mi compadre Julián y yo ahora compartíamos una zanja, cerca de la que había sido el escondite mío y de Hernán. El hoyo era un poco más profundo y cubierto con más ramas y hierbas para despistar. Un camuflaje que le habría gustado mucho a Hernán. Al volver al escondite me tiré a dormir casi tan pronto como llegué porque quería mantenerme en vela más noche esperándolos. Sabía que volverían y esta vez estaría preparado.

The three of us went out after midnight to the same area where we had been before. There behind the charred tree that we had seen on TV was an exposed hole but no Mexicans. Dale pointed to a bushy area a little further up the hill and we began poking around once we got there till we spotted an entrance into a deeper hole. "Bingo! Let's move this branch a bit so I can see how many are in there." Dale pushed his head into the hooch. "Only two again. Let's get 'em." This time we made a big ruckus getting in. But before we could grab anyone, we heard what sounded like machine-gun fire. No, of course I don't know who did it. After I was hit, I just lay there till you found me. It was too dark. You're telling me Tom and Dale are dead?

Esta vez los oí cuchicheando antes de acercarse al hoyo. Me preparé con la metralleta aparatada de un rifle serruchado y esperé hasta que los sentí ya dentro y uno gritó: *"O.K. you dirty beaners. Get up!"* Disparé entonces por Hernán, por mí, por Julián, por Herminia, por tantos otros atropellados en la carretera, por tantos otros golpeados y muertos en los campos de fruta y en las granjas de flores. Después corrimos a avisarles a los otros compañeros y a escondernos en otras granjas.

Desde hace dos días que me tienen aquí en la cárcel de Vista, que interrogándome y queriendo hacer conexión entre esto y lo de Hernán. Quieren que les diga lo que sé, pero tiene que asegurarles que no sé nada, no sé nada del asunto. Dígales que desde hace tiempo trabajo en Leucadia, en las granjas de flores; dormimos diez en un garaje y pienso quedarme allí hasta que vuelva Herminia. Porque Ud. ha de avisarme, ¿verdad?, cuando llegue. Y si me llegan a deportar, ya sabe que estaré aquí de nuevo dentro de dos o tres días y le llamaré. Porque ni modo de volverme allá.

At the Meat-Packing Plant

He had been working there for over a week now. Before that he had mopped floors at the hotel, sanded wood at the furniture shop, washed pots and pans at the hospital kitchen and now had this job working at the meat-packing plant, cutting up meat and packing it. The plant was a cold, enormous place with rows and rows of sides of beef hanging everywhere from the sliding hooks. You always had to wear the gloves and boots they gave you, even though they were all busted up anyway. He knew it was dangerous work. Guys lost fingers here, at least once a week. He had to stay smart and stay on his toes, be alert.

"*Órale, cuidao con el gancho!* Careful with that hook. Hey, kid, you're new here, better watch out or instead of the lamb hock, it'll be you hanging from that rotating hook. *Wátchate, ése.*"

He got out of the way as fast as he could and went to the lamb section where he was supposed to work that day preparing the ribs. He had just finished stacking a whole bin, layering them crosswise, when he looked up and saw Juan slip and fall against the vertical meat saw.

They had to call an ambulance.

Stuff like that happened way too often, what with the wet floors and lack of safety measures. He couldn't stand it any more. Those blasted bosses, what did they think? That workers were machines, programmed to wash, mop, sand, pick fruit or cut meat? It just

121

wasn't right! He'd had enough! He had to say something. Do something.

He marched straight to the foreman's office over by the loading dock. The foreman called the manager over. When they were both there, he let them have it, every complaint, every hazard to which workers were exposed, the faulty equipment, the lack of safety measures. He got everything off his chest and didn't stop until he was out of breath.

After nodding to the manager, the foreman walked towards him. The foreman seemed to smile as he came near, as if he understood how he was feeling and wanted to pat his head and put his arm around his shoulder. But before he could step back, the foreman stretched out his index finger, found the switch and flipped it off, cutting off the current. He then proceeded to open up his cranium, remove a small transistor and replace it with another one that he had in his long white coat pocket.

"It's happening more and more often, Mr. Johnson. We're having to get new replacements all the time now. These units just wear out too fast or else they go bad like this one."

En la empacadora

Había trapeado pisos en el hotel, cepillado madera en el taller de muebles, lavado ollas y platos en la cocina del hospital y ahora estaba en la carnicería, cortando y empacando carne. Tenía que jugarse muy águila.

—"Cuidao con el gancho! Ten cuidao, muchacho, que en vez del pernil te quedas tú encajao allí."

Aquel día estaba pasando los costillares de borrego, cuando vio como Juan caía contra el serrucho eléctrico.

Tuvieron que llamar una ambulancia.

Eso pasaba con mucha frecuencia, con eso de que el piso siempre estaba mojado y resbaloso y no se tomaban medidas de precaución. No aguantaba más. ¿Pero qué se habían creído esos jefes desgraciados? ¿Que eran máquinas programadas para lavar, trapear, cepillar, piscar, y cortar carne? No había derecho. ¡Ya estaba harto!

Se fue a la oficina del mayordomo. El mayordomo llamó al gerente. Entonces se desahogó. Se quejó de todos los abusos, falta de precauciones con la vida de los trabajadores, los pisos resbalosos, el equipo que funcionaba mal, la falta de medidas de seguridad. Habló rápido y sin parar hasta que se quedó sin aliento.

El gerente le hizo un ademán con la cabeza al mayordomo. Con una sonrisita, el mayordomo caminó hacia él. Se le acercó como para darle una palmadita y tranquilizarlo, tocándole el pelo con la mano derecha. Trató de esquivarse, pero con el índice el mayordomo encontró el interruptor, cortó la conexión eléctrica, destapó el cráneo, sacó una pieza pequeñísima e introdujo otra que traía en el bolsillo de su saco blanco.

—Así nomás es, Sr. Johnson. Ahora sucede con mucha frecuencia y tenemos que encontrar repuestos constantemente. Estas unidades se desgastan demasiado rápido o se estropean como ésta.

Dallas

I got picked to take them to the Guerreros' house. When we got there they left me there next to the curb, so from where I was I could barely hear what was going on over near the front door. What I do know is that they were arguing with the old man who opened the door and that afterwards two kids—eleven or twelve years old or so—showed up behind him. Then they had the kids pile in and we then headed down the road towards the station—except that they changed their mind about it and we headed back, stopping at the Seven-Eleven. That's where they made me stop. There were two riding in the front and another two in back. One of the policemen was driving and the other one was sitting in back with one of the two kids. That's where they started getting into it—about whether the boys had stolen the watches, or whether they hadn't, about where they had hidden them—the standard stuff. I mean, I was already pretty used to these scenes, pretty tired of the whole thing of riding out from one side of town to another picking up drunks, potheads, all sorts of perps from armed robbers to murderers, and once in a while some dumb jerk who was in the wrong place at the wrong time. Like I said, I was pretty used to transporting all types, but this was the first time that they'd brought two kids on board. But I better slow down and tell this right so that you'll have a better idea of what went down.

What I did manage to hear from the curb where the cops left me   125 before going up to the Guerreros' house was that there'd been a robbery at the Seven-Eleven on Houston Street and that some watches that were in a glass case on the counter had been stolen. According to the manager at the Seven-Eleven, when he came back to the counter from the storeroom, he'd seen the backs of two Mexican boys running from the store. That's when he realized that the watches were missing from the case. He figured that the boys must have come in while he was in the back of the store putting up a shipment he'd just gotten in. That's more or less what I understood had taken place, although I missed bits and pieces of the conversation when the traffic noise got real loud. Anyway, the police were there arguing with old man Guerrero, who apparently was the kids' grandfather, and they then carted the two boys off. Like I said, the guy at the store couldn't ID them—but because the boys lived right near the store, he suspected them right away. Of course, it could have been anybody. Anyway, like I was saying, they brought them out of the house and hauled them in. Man, sometimes I really hate this job; but I'm stuck with it, having to cart around all these suspects, drunks, delinquents and whores. Sometimes I'd get to thinking about it and I'd try to convince myself that at least I was in direct contact with the nitty-gritty side of life, the way things really are—the belly of the beast. Still, sometimes— when they have me hauling ass from one place to the other or taking a turn faster than I should—I have to sort of put myself on automatic overdrive and try to take my mind off it all. I'll start thinking and dreaming to get away from all the disgusting shit that's going on around me, because, let me tell you, sometimes it gets really bad. Man, the stories I could tell you about the stuff that goes down, including all the shit you find out about the cops themselves—anyway, it's better that you don't get me started on that.

Stuff like you wouldn't believe! So, like I said, lots of times I needed to dream or something to get away from it all and I'd keep telling myself that maybe someday something good would come out from all the shit I saw around me, you know, maybe like some enormous cancer or something would start eating away at all the rottenness and get rid of it once and for all. That night though, I was more freaked than usual, considering the two kids in the back and all. I'd never had two kids on board like that. But like I was saying, the cops started to question the boys as soon as we started down the road, but the kids just kept on saying that they didn't have anything to do with it. To tell you the truth, I thought we'd be taking them back home any minute. Besides, I kept on thinking about how worried the grandpa must be by now. But the cops just kept at it, going on and on about how the kids had done it and about how they'd better 'fess up to it. Finally, one of the cops, a real S.O.B., pulled out his revolver. This was right there in front of the Seven-Eleven store. This guy was a real bastard and I'd seen him act off the wall before, but never like that night. Right then and there he whipped out his gun and started playing with it, threatening to shoot the older kid unless they both confessed to the robbery. As he pulled back on the trigger the cylinder started to spin and I felt this shiver go right though me, right down to my pistons. When I heard the hammer come down, all I could think of was getting away from there, of being somewhere—anywhere—else, where I wouldn't have to hear, or feel or be there to see what was going down. But there wasn't anything I could do. The shot rang out and right afterwards I heard the cries of his little brother. By the time I got to the emergency room, the kid was dead.

Riding back to the station with the two policemen, I thought of flipping over and I even tried to drive off a cliff to do away with these two criminals, but I couldn't manage it. The damn driver had me too much under his control. Yeah, I know that nothing much would change if somebody was to put a bomb under the hood to blow away these vermin. And I know that there are hundreds like these two out there in patrol cars in cities all over the world. Still . . . sometimes I have this dream about how someday people will do something about it. That's at least what keeps me going.

Dallas

Yo fui el que los transportó a la casa de los Guerrero. Me estacionaron allí al lado de la banqueta y apenitas pude oír lo que pasaba allá en la puerta de la casa. Lo que sí sé es que los dos policías le discutían mucho a un señor vejarrón que contestó el llamado y después de un rato aparecieron dos chamaquitos de unos once o doce años. Luego todos vinieron, se montaron y me los llevé por la carretera rumbo a la estación pero después se arrepintieron y nos volvimos al barrio para pasar por la tienda Seven-Eleven. Allí me hicieron parar. Traía a dos en frente y dos atrás. Uno de los policías dirigía y el otro estaba sentado atrás con uno de los niños. Allí comenzó la alegata, que si se habían robado los relojes, que si no, que si los habían escondido, que si no. Bueno, pues yo estaba acostumbrado a estas entrevistas, de tanto andar de un lado de la ciudad al otro, recogiendo borrachos, marihuanos, asaltantes, asesinos y algunas veces algún pobre que se les atravesaba por allí. Como digo, estaba acostumbrado a acarrear pelados de aquí y de allá pero era la primera vez que me subían a dos niños. Pero mejor les cuento más despacito lo que pasó para que se vayan enterando de los hechos.

Lo que yo alcancé a oír desde la calle cuando los chotas me parquearon y llamaron a la puerta de aca los Guerrero fue que había habido un robo de relojes que guardaban dentro de una caja de vidrio colocada sobre el mostrador de la tienda Seven-Eleven que queda por la calle Houston. Según el gerente de la tienda, dos niños mexicanos a quienes no alcanzó a ver de frente habían salido corriendo de la tienda al volver éste al mostrador. Inmediatamente descubrió que los relojes habían desaparecido. Parece que el gerente andaba al fondo de la tienda guardando un surtido que le acababan de traer cuando los niños entraron. Más o menos eso fue lo que yo entendí aunque hubo ratos en que el tráfico se puso pesado y no pude oír bien. Total que los policías discutieron con el señor Guerrero que parecía ser el abuelo de los chamacos y se los llevaron. Como dije, el de la tienda no supo ni quién fue pero como los chamacos vivían allí cerca, inmediatamente sospechó de ellos. Claro que podría haber sido cualquiera. Total que los sacaron de la casa y se los trajeron. Ah, cómo me hubiera gustado haber tenido otro oficio pero por desgracia me había tocado servir de vehículo para llevar maleantes, heridos, delincuentes, prostitutas y acusados de aquí para allá. Me consolaba el pensar que estaba yo en contacto íntimo con la realidad del mundo, con las llagas, más bien dicho, con la panza del monstruo y a veces cuando me llevaban a toda velocidad, para no pensar en lo que podría suceder si me volcaba o si me estrellaba en alguna curva o en algún puente estrecho, me ponía como quien dice en automático y funcionaba mecánicamente mientras que meditaba y me perdía en otras esferas. Me gustaba entonces pensar y soñar y enajenarme de toda aquella realidad asquerosa, porque en verdad no era ningún consuelo ver lo que yo veía. Lo que yo sabía de los policías mismos, ni pa qué les cuento. ¡Era un desmadre! Pero como yo necesitaba soñar para funcionar bien, me hacía la ilusión de que algún día de aquellas úlceras brotaría algo más, algo así como un cáncer que devorara toda esa panza, un cáncer corrosivo que abriera las entrañas y permitiera la evacuación total de aquella podredumbre. Pero esa noche andaba yo un tanto nerviosón porque mi carga era bastante delicada. Nunca antes había yo servido para transportar a dos niños. Pero como les iba diciendo, los policías comenzaron a interrogar a los dos muchachitos una vez que me arranqué y éstos a negar que hubieran tenido nada que ver con el asunto. Para decir verdad, pensé que iríamos pronto a dejarlos de nuevo a su casa. Además me dolía pensar en lo preocupado que estaría el abuelo. Pero los policías insistieron más y más en que habían sido ellos y en que debían de confesar el delito. Por fin uno de los policías, el más cabrón, sacó la pistola. Esto fue allí en frente de la tienda. El que sacó la pistola era un alocado y ya le conocía yo sus mañas pero ninguna como aquélla. Allí merito sacó la pistola y comenzó a jugar con ella, amenazando al niño mayor con disparar la pistola a menos que confesara que habían sido ellos los del robo. Lentamente comenzó a hacer girar el cilindro. Comencé a estremecerme allá muy adentro en las bielas mismas. Oí entonces el chasquido cuando amartilló el revólver. Quise huir, quise perderme en el vacío, para no oír, para no sentir, para no presenciar. Pero no pude. Se oyó el disparo y oí en seguida los gritos del hermano menor. Para cuando llegué al cuarto de emergencia, el niño ya había muerto.

Después cuando volvía a la estación con los dos policías traté de volcarme y de irme por algún voladero para apagar la vida de estos dos criminales pero no pude. El maldito chofer me tenía bien controlado. Reconozco que no cambiaría la situación si alguien viniera y me colocara una bomba en el motor para volar a estos dos gusanos. Reconozco que hay cientos y cientos de hombres como éstos en todas las patrullas de todas las ciudades del mundo. Pero aún así, sueño con que algún día se alzará la sociedad entera contra tales crímenes. Es algo que carburo a diario.

The Ditch

Loosening the cord, he shook out the bag full of cotton and let it fall out in heaps into the trailer. He took off his hat for a minute and it felt good to let the cool air stream on his sunburnt and by now dust-covered face. The new tractor with the attachment that could pick cotton was working the field on the other side of the irrigation ditch; he could hear it but with all the dust he couldn't make it out. Still, he knew that the machinery left all sorts of perfectly good cotton strewn all over the field. Pretty soon however they'd have machinery doing the picking over here too. He hopped off the trailer and went to the truck where the water barrel was hoisted on the back; he sank the communal ladle into the water and had a good long drink before heading across the plowed earth back to the rows where he had stopped picking. He looked up; no one else was working those rows yet. Up ahead all you could see were rows of green, evenly spaced. Further off, after the rows of corn, he could see the tops of the pecan trees along the river. He angled the bag over his shoulder and under his right arm, put his dusty gloves back on and started back on the prickly cotton blossoms, stuffing them deep into the bag. He picked up the pace. He had fifty pounds to go to make three hundred and it was only about 3 P.M.

"*Hijo 'e la Chingada!*"

132   "What's up, man?"

"Check out who's coming down the road."

"I'll be damned. Chente! Chente!"

He raised his head and looked around.

"Quick, get going, man; it's the *migra*."

"Take off for the cornfield, man."

He took off his hat, rolled it and the bag into a ball, put it under his arm, and took off running.

He ran swiftly, sort of crouched down, not worrying about whether he stepped on *quelite* or burrs. All of a sudden it was like he was seeing himself run through the fields, just as he knew others had run through the rice paddies in Vietnam, just like he himself had run when he'd crossed over the border.

"Look, man, jump into the arroyo, and when the helicopter's gone then we'll get up and start running again."

He jumped over the irrigation ditch and threw himself to the ground just as the Immigration officers arrived at the entrance to the field. He dragged himself over to the posts and after raising the bottom row of barbed wire crossed over into the cornfield.

He waited there a bit trying to catch his breath. Run, run, run. The scene kept on repeating itself in different places and in different times.

It wasn't too long ago that they'd installed the sensors along the border; he'd heard they were detectors that had been left over from the war in Vietnam. That's why he had had to be extra careful when they had crossed over, especially when they hid in the canyon waiting for the jeeps and the helicopters to make their sweep before moving on. Out in that chaparral anybody could hide out, the *alambrista* as well as the bastards who preyed on them for the few dollars they were carrying. There was little enough cover as it was, but talk was that they were planning to use some of their leftover napalm to get rid of even the stumpy grass that grew around there.

It was a good size cornfield and the ears of corn were almost ready to be picked. He got up and ran down a row, ears of corn and raspy leaves brushing against him. When he heard the plane above he threw himself to the ground. The stench of insecticide started to make him nauseous.

He looked up around him and tried to get his bearings. The whistling sound came from up there and a gray shadow above seemed to be dropping some sort of projectiles. Suddenly he sensed the smoke; everything was burning. He got up and tried to zigzag his way out of the dark fog that covered everything.

The air got dark and it became difficult to draw a breath. As he made his way back to the irrigation ditch he started to cough and his eyes stung. He desperately wanted to stick his head in the water to clear it; things around him were becoming one big dark blur and everything around him seemed to be closing in on him.

He finally made it to the embankment of a *caliche* ditch. He saw the plane coming back for another run and he again threw himself to the ground, this time sliding towards the trench. When he looked up he saw the projectiles, the smoke and the fields going up in flames. He knew he'd have to stay in the ditch; he ran to catch up with the others who were also running crouched down and moving silently and rapidly. Further up they came to an area of dense trees. Making their way through the thicket as quickly and as quietly as they could, they spotted the camouflaged tunnel entrance and jumped in without hesitating. Even down there the earth trembled at each blast from the exploding bombs. Hours went by and when they finally came out of the tunnel they saw what was left of the trees: burnt leaves, leafless branches and scorched tree trunks. All around them there were charred and burnt bodies amongst the ashes of trees. They made their way through the burnt-out zone and back to the ditch. Swiftly they headed back towards the road, now covered with enormous craters and strewn all over with debris. With picks and shovels taken from the ditch they set to work repairing the road to make it passable for the evening convoy carrying weapons and supplies to the front. They'd just finished working on the last huge crater when they heard the rumble of the trucks. It was the People's Army convoy. The sound of clapping and shouts of support hung in the air even after the truck had gone by and all that remained was a cloud of dust hanging over the road. It was then that he decided to follow the ditch back to where the plantation was.

The water from the irrigation ditch was exactly what he needed. Behind him lay the fields, now covered with the poison from above; the important thing was that they'd managed to keep the link open.

It was then that he heard someone whistle to him from deep within the rows of cotton.

"Come on back, Chente. They're gone now."

He was crawling again under the barbed wire. Once across the canyon he ran like crazy, throwing himself into the bushes just in time before the jeep made another sweep along the dirt road.

La zanja

Soltando la cuerda, sacudió el saco sobre el algodón apilado en la treila mientras un viento leve le refrescaba la cara tostada y empolvada. A lo lejos se oía el traquido de la máquina que piscaba el algodón al otro lado de la acequia. El suelo quedaba regado de motitas blancas que la máquina no lograba acaparar. Dentro de poco aquí también meterían máquina. Saltó entonces de la treila para dirigirse a la troca. Allí con la dipa comunal se sirvió agua del barril para luego irse pisando la tierra arada hasta llegar a los surcos que había empezado. Volvió a levantar la cabeza. No los llevaba nadie. A lo lejos apenas podía distinguir una espesura verde, parejita. Más allá de la milpa se divisaba la copa de los nogales que bordeaban el río. Se pasó entonces la manga del saco por la cabeza y puestos los guantes empolvados comenzó a piscar los casquillos de algodón y a meterlos al saco. Aceleró el ritmo. Le faltaban 50 para las 300 libras y sólo eran las tres de la tarde.

—¡Hijo-e-la-Chingada!

—¿Qué hay, hombre?

—Mira nomás quién viene por la carretera.

—Uh-que-la . . . ¡Chente! ¡Chente!

Alzó la cabeza.

—Descuéntate, hombre, que ahí viene la migra.

—Pélate pa'l maizal, hombre.

Enrolló el costal, se quitó el sombrero, los hizo bola bajo el brazo y echó a correr.

Corrió rapidito, medio agachado, sin importarle si pisaba quelite ni chancaquilla. Se vio corriendo por los sembrados como sabía habían corrido otros por los arrozales de Vietnam, como había corrido él mismo al cruzarse de alambrista.

—Tírate al arroyito, hombre, y cuando ya haya pasado el helicóptero, le picamos de nuevo.

Saltó la acequia y se tiró al suelo. En ese momento los oficiales de la inmigración entraban a la labor. Se arrastró hacia los postes y levantando el último alambre de púa, penetró la milpa.

Allí esperó un momento para que no se le saliera el corazón por la boca. Correr, correr, correr. Era una escena que se repetía, en distintos espacios, en distintos momentos.

Hacía poco que habían puesto los detectores en la frontera. Era herramienta que les había sobrado de la guerra en Vietnam. Por eso había tenido que cruzar con mucho cuidado, esconderse en el cañón, esperando que pasaran las *jeeps* por la vereda del norte y el helicóptero que les servía de avizor. Allí entre el chaparral se podía ocultar cualquiera, tanto el alambrista como el maleante que los asaltaba para quitarles los pocos dólares que llevaban. Con un poco de *Napalm,* de ese que les había sobrado, pensaban dejar la región árida sin un zacate que los cubriera.

Eran varios acres de maíz y los elotes estaban casi listos para piscarse. Se levantó y corrió por los surcos golpeado por las hojas y las espigas. Al oír el zumbido del avión, se tiró al suelo. El peste a insecticida comenzó a marearlo.

Miró hacia el cielo tratando de ubicarse. Un silbido llegaba de lo alto, una sombra que regaba proyectiles plomos. De repente sintió el humo. La espesura ardía. Se incorporó y comenzó a zigzaguear de un lado al otro tratando de alejarse de esa neblina negra que se filtraba por todas partes.

El aire comenzó a hacerse espeso y sofocante. Tosiendo y con los ojos enardecidos, retrocedió hacia la acequia para refrescarse allí la cabeza. Sintió que le caía una oscuridad encima, desubicándolo, remontándolo.

Cuando llegó a la orilla encontró una zanja bordeada de caliche. Al sentir de nuevo que el avión se acercaba, se tiró de golpe al suelo, resbalándose hacia el pozo. Se asomó entonces y vio los proyectiles, el humo y el campo en llamas. Tendría que huir resguardándose en la zanja; corrió y alcanzó a los otros que también corrían, silenciosos, pequeños y ágiles. Más adelante de un salto penetraron el verdor de nuevo. Sigilosamente se escurrieron por entre los árboles frondosos hasta llegar a una espesura donde se zambulleron en un túnel oscuro. Desde allí adentro retumbaba la tierra con el bombardeo. Horas después salieron del túnel. A su alrededor los árboles habían quedado deshojados y resecos. Por todos lados había cadáveres renegridos y quemados, confundiéndose con las cenizas de los árboles. Atravesaron corriendo la zona chamuscada hasta alcanzar la zanja de nuevo. Rápido recorrieron el trecho que los llevó a la carretera llena de escombros y baches. De la zanja arrastraron picos y palas para limpiar y emparejar la carretera por donde había de pasar el cordel de camiones con provisiones y armamento para el frente. Acababan de tapar el último bache cuando sintieron el retumbar de los camiones. Era el transporte del pueblo. Quedó sólo la polvareda cuando aún resonaban los vivas y los aplausos. Decidió entonces volver a la plantación siguiendo la zanja.

El agua de la acequia le sentó muy bien. Atrás quedaba la plantación rociada de veneno pero la vía de comunicación seguiría abierta.

Oyó entonces el silbido desde los algodonales.

—Ya vente, Chente. Ya se fueron.

Se volvió a pasar por el alambre, cruzó el cañón y corrió como loco para tirarse en el matorral antes de que pasara de nuevo la *jeep*.

Like I Was Telling You . . .

Northbound Interstate 5 connects with Highway 78 around Oceanside and heading east brings you to Vista, the county seat for North County San Diego. She was headed there in her old Datsun—pretty old now but still chugging along. Still, just to be on the safe side she drove in the right lane in case it decided to stall on her when she least expected it. It'd done that to her more than once.

Sometimes I can't believe that at the ripe old age of forty-five I'm still a "freeway flyer," but that's the truth of the matter and this part-time translating job has me going from one side of the county to another, from clinics to schools, from hospitals to jails, from court offices to vocational counselors. But at least it's a job that lets me work and go to school at the same time, because this time I'm going to do it: this time—and even at my age—I'm going to stick it out until I graduate and get my degree. I finally made that decision three years ago. When—can you believe it was twenty years ago—I dropped everything to get married and raise a family that's all I wanted and all I could think about; but now it's different; I took the plunge and I'm going to go through with it. It was the right time. My children were grown; one was studying up north; my daughter married a fellow in the service and I was on my own because I'd gotten a divorce a couple of years back. That decision had taken me a long time too, despite how bad the situation at home had been at times and all the pain and suffering I went through. But, like so many other women, I kept on thinking that he was going to change. Deep down what scared me the most and kept me from making the break was the idea of being on my own and alone. After all, it's not for nothing that they say "*Una mujer sola no va a ninguna parte.*" In my old neighborhood a woman without a man is like placing zeros in front of a number instead of after it, they just don't count. I mean, it was as if your life were worthless unless it was validated by having a man alongside you, otherwise it's like you don't even exist. But that's the way I had lived it for twenty years, idiot that I was—and a coward too. But the truth is that I wasn't even the one that took the initiative; nope, I can't really say that I finally stood up to him and sent him packing to hell. It finally came when he stopped coming home nights and acted like I didn't even exist on the planet as far as he was concerned. Then the whole scandal broke. Only then did I finally decide to make the break, but once I'd decided to go ahead with it nothing was going to stand in the way. It was difficult, but I felt freer and stronger and I hated myself for having wasted so many years in a relationship that had produced only my two kids and more pain than anyone should have to stand.

The Melrose exit was up ahead. She got ready to exit Highway 78 and to look for the County Jail building they'd told her was up off to the right. There it was, a concrete building with very few and very tall and narrow, rectangular windows.

I know you probably think it's dumb, but along the way I've come to see the world around me in a different way. Now I see that, in California, being Mexican is being an undocumented alien. And being an undocumented alien in San Diego County means not only living in the worst possible poverty but also living without any protection when it comes to legal and labor matters. Because rents are so high, only some of the people out there working in the greenhouses or flower fields manage to find themselves a room or garage somewhere to live in. But I think the majority are living out in the canyons and fields, in holes they dig out or under lean-tos made of cardboard, plastic and scrap lumber. I've seen some families that somehow managed to get themselves a tent, but most are out there without any housing to speak of, anything even remotely resembling a shelter to keep them out of the cold and rain—because it does get cold and rainy even in this sunny California paradise. And when someone does come out and makes a stink about the conditions, the lack of housing or any kind of facilities, the growers just call out the authorities, the "guardians of the public order" and they go out with bulldozers and level the camps and the workers just have to find some other place to live, further east and away from the main roads.

The first time I got sent out to one of the camps to do a translation I went out to the fields with a lawyer working on a criminal case. There, hidden under the trees and brush along what was most of the time a dry creek bed there was a whole camp that reminded me of the old Cartolandia near *la línea* in Tijuana where people gathered before trying to make the run across the border. From the road you'd never have guessed the "cardboard camp" was there, covered as it was by brush and pretty tall trees. The lawyer went hoping to find witnesses who might know something about the killing of an undocumented worker by a couple at that same camp. You remember the case, don't you, Elvira? In fact, I think it was your office that called me to do the translation for the woman's testimony. In any event, after we got to the campsite we went over to a big orchard with avocado, orange, and lemon trees, and that's where we found a large group of mostly men sitting on eucalyptus tree stumps and wooden crates warming up their tortillas for their

tacos and drinking their cans of soda. A bit further back I made out
two tents and I could hear the voices of women and children.

Like I was telling you, this translation work has made me
aware of the world in a whole different way; it's a world where labor is done by an international work force: Mexicans, Salvadorans,
Guatemalans, Hondurans, a world where medical care—forget
about decent housing—doesn't figure into the picture. I've seen
everything, let me tell you. People who got hurt on the job, got
burnt, ended up paralyzed, men who lost an arm, or an eye working at some plant or shop, some restaurant or whatever. What's become really clear to me in these last few years is that I'm working
in a county—not a county, a country—that's so marked by different classes; and lately, the way it's going sometimes I think it's
more and more like a police state. Yeah, yeah, I know you think I
always exaggerate things, but you've told me yourself that you've
seen more than you'd like.

She looked for the parking area and got ready to go in.

The jail matron came in that morning and threw the package of
street clothes on her cot and told her to get dressed; the lawyer and
the interpreter were waiting for her in the visitors' room.

Mónica rushed over to the cot and tried to dress as fast as she
could but felt like she was taking too long and doing it all wrong.
Her hands shook. Everything was in the plastic bag with her name
and her number: her blue skirt and white striped blouse; her sandals, her earrings. She hadn't seen her things in two months, just
the gray uniform they made her put on everyday. No one to talk to
except the other prisoners who spoke Spanish. She knew why no
one came to see her in jail; who'd want to risk getting picked up
by the *migra?* None of her relatives, to be sure, and she agreed with
that. But what of the men? What had happened to them? Had any

of them been forced to confess? Could that be it? But they had to be letting her out, right? Why else would they have brought her street clothes?

She'd been there since the end of April, since the day they'd raided the streets and hauled them all in like cattle. It was like a nightmare you tried to wake up from but couldn't. Like everything all of a sudden went into slow motion.

Somehow they managed to corral us all together and then they just made us wait and wait. When people got upset and made a scene they just hassled them and even beat a few of them. They picked up all the Mexican workers they could find in North County in that raid that day. I remember it was like in a movie almost, all these scared people being brought into the sheriff's station. They must have picked up more than two hundred workers, men and children, documented and undocumented, the only thing they had in common was that they were brown. I even saw this twelve-year-old boy there with his father. The boy and his father were let out when the grower he worked for came to the sheriff's station and said that he needed his worker, and the others were released later too. But there I was, the only woman among all the men they had picked up. But like I said already, I had nothing to do with anything.

Like I was telling you, that Sunday morning, after I washed up in the shower stall my brother-in-law rigged up for us in a portable toilet some construction workers had left behind, I went to buy Mexican bread at a bakery that wasn't too far away. Me, my mother and my sister's family share a garage we rented in Poway and we use the one room as our kitchen and bedroom and everything. Everybody was up already and they were waiting for the water to boil for some coffee and for me to get back from the bakery. I

walked part of the way with Pepe and Nayo who were also headed
to the bakery.

Nayo, as usual, was telling me one of his jokes and the three of us were laughing away when all of a sudden this police van pulled up in front of us; they stopped us and kept saying things in English that I couldn't understand. When we tried to move away they grabbed us and pushed us into the van and then a Chicano policeman came and told us we were under arrest. When I resisted and screamed at them, saying I hadn't done anything, they grabbed me by the hair and threw me face-down inside the van; they almost broke all my front teeth. I didn't want to believe it: Mexico and Poway, the same thing, because that's just like it was with the Judicial Police in Mexico. Like my brother-in-law says, if they get a hint that you're back from this side and might have a little bit of money or some electronic gadget they'll just grab you, take it from you, beat you and dump you somewhere. The police are the same all over. Tell the lawyer what I said, that they treated us all like animals and we hadn't done anything wrong.

By the time they took us to the station they already had a big group of Mexicans there, and they were bringing in more and more. They must have rounded up all the Mexican men they could find along the streets and roads in Poway. They kept us there a long while; they didn't let us talk to anybody, or call anybody until later when they made us get in a line and walk in front of this window that looked like a mirror. Then they took Pepe, Nayo, me and five others, handcuffed us and sent us to jail. That's when we found out that they said they were accusing Nayo of raping a fifteen-year-old girl and that the rest of us were being held as accomplices. You can imagine how we felt; we didn't know what they were talking about. When the first lawyer they got for us told us the charges, I just couldn't believe it. When? Where? How? I was scared to death and I didn't even have a way of letting my mother and sister know what had happened.

"Right, right, the one with the little mustache. He's the one that raped me. And those other seven helped him out by holding me down while he was doing it. Like I told you already, that Saturday, in the afternoon I went out riding down along the side of the orchard. First I went to my friends John and Susie's house; they had the sprinklers on in their yard; then a little later I headed down the path around the tomato fields and I was almost down to where the country store is when I saw a group of young Mexicans walking towards the road. I speak Spanish so when I got close to them I said hello. They asked me where I was going and they made me stop by taking the horse's reins. Then they started pulling and tugging on me until they got me down from the saddle and threw me on the ground; the alleyway behind the country store was real close and one of them dragged me there and got on top of me. Then the others made this circle with me in the middle and they were all laughing while I tried to fight off the guy with the little mustache; they all laughed, including the woman. When he was finished with me, they let me get up and they were still laughing when they left. I got back up on the horse and rode back to Susie's place. I was so scared and ashamed to tell anybody what had happened, but when my father got back from his shift that night I had to tell him."

Like I was telling you, Elvira, I was raised in a houseful of women, a world in which the main goal in life was getting married. And it wasn't just my mother and my aunts, but my girlfriends were all the same too. Laura, Juanita and I used to go to the movies

on weekends, but only when we didn't have a date, because the important thing—and that was always clear to all of us—was to have
a guy to go out with you. It was like they were born under a
brighter star, they were always the favorites, the ones you wanted
to be with, the ones that deserved everybody's attention.

All my mother and my aunts ever talked about was pairing up.
That was always the topic of conversation, that was what was important, more so than school or doing well at something. So, that's
why after two years at college I dropped everything to marry Vicente. He'd already graduated and was training to be an Immigration and Naturalization Service officer. We met at a dance and we'd
been going together for about a year and my mother had started
with all these hints about how we should get married already, in-
sinuating that we shouldn't be spending so much time together if
the thing wasn't serious, as she put it. My mother had married at
eighteen, and I could tell that in her mind she was worried about
me being an old maid. After all, I was twenty years old already.

I don't know if I was dumb or if I just let myself be convinced.
I can't say whether I knew I loved him or whether I just liked the
idea of not having to worry about having someone to go out with
to the movies or to the next dance. But it's funny, isn't it, I ended
up doing the same thing with my daughter. Or maybe it was
because I was afraid she'd get pregnant and then Vicente would
blame me, as if one really could have a say in what kids do after
they're fifteen or so. My daughter got married so young, and I don't
know whether it's going to last. The only thing they have in common is having fun, but beyond that, nothing. You never see them
talking to one another about anything, not even the news. Sort of
the way it was with me and Vicente, although I did always want to
talk but he'd act like whatever I had to say was stupid and he'd just
walk away.

When Vicente got the job as an INS agent he found out he'd be transferred to the border, to San Diego, so we got married before we left Austin. Looking back at it now, I find it sort of funny that after living all my life in a barrio where the word *migra* was right up there with spit, I, strangely enough, didn't have a problem with his job and even more so with what Vicente's career choice said about him. All my family saw in him was a way for me to "marry up" since, after all, my father was just a school janitor. He had a steady job, medical benefits and everything, but he was still just a worker. On the other hand, Vicente, with his college degree and his government job, seemed like a gift from on high. I'm sure the thought that I could have finished school and become a teacher or a librarian never even crossed their minds.

We moved to National City and my two children were born there. As they grew I got involved in their school activities and sometimes did some volunteering. And that's where I met some professors from the State College; they'd always be talking about how important it was to have community leaders, about how we needed parents to get involved and have a say in what went on in our children's schools. They didn't have to convince me about the importance of bilingual schooling because I kept on speaking Spanish at home with my kids, although Vicente only talked to them in English. It was because of Professor Ochoa that I started to find out about and finally got interested in the situation of monolingual Spanish-speaking children and especially the families of undocumented workers, but whenever I brought up the subject at home Vicente always shut me up. He always used to say that this country was full of illegals who come and take jobs away from citizens; that the rest didn't want to work and just came to mooch off the government. *Welfereros* he called them and said the rest of us shouldn't have to be paying taxes so that they could loaf around.

There was no way to make him see that they, the undocumented workers, were the ones doing a lot of the hardest work to be found, that the growers liked having them around, and that they were the ones being exploited and not the other way around. It was around that time that the number of road accidents—especially on Interstate 5—involving undocumented workers increased, men, women and even children who were killed as they tried to cross the highway to avoid being caught by the *migra*; they had no chance at 60 or more miles per hour and there was no way to avoid hitting them. And to think that my husband could be one of the ones pursuing them! I lived with that fear inside me all the time but I didn't dare say anything or even bring up the subject with Vicente. Even when the children were older, if he didn't like the conversation at dinner he'd just get up and walk out of the room and we'd be left there alone with the food. It was even worse when we were in public; if he saw I was talking about something to anyone, he'd come over and shut me up in front of them, always saying that I didn't know what I was talking about and that I was just repeating what those know-it-all professors from San Diego State said. He treated me like an idiot, and of course he knew what it was all about, he was the one with the right information on everything and always wanted to be center stage and give the definitive answer on politics or boast about his latest promotion.

And yet, well, you know how the whole thing ended up. When the case came up, you were on the victim's defense team. I was such a fool! You can't imagine how hard it was for me to believe it when he was accused of raping that undocumented woman crossing over the hills at night through Otay Mesa. Later, when there could be no more doubt, all I felt was shame and I felt even more later when despite all the proof he was set free because they paid the woman off so that she wouldn't testify against him. I still call her a woman, but she was just a young girl, about my own daughter's age really. Looking back that was really the beginning of my liberation—if you want to call it that—because after all those years I finally found the courage to do what I should have done years before. I swear to you, if Vicente saw me here today he'd burst a vessel. Yes, it was high time. It's been like starting all over and the only regret I have is having wasted those twenty years. Sometimes when I think of all the shit I swallowed from him I'd like to take a sponge with soap or something and scrub out my brain and my past, but even if one forgets with time or erases it with words, the past is really only past and gone when there's a real transformation. So that's what I'm trying to do, change myself, although let me tell you, I often ask myself how one can be such a masochist about things or convince oneself that when one's in a bad situation one deserves it, that somehow one has it coming. Tell me, Elvira, you've done everything so differently, are relationships between women any different or is it all the same shit? Wait. They're calling our number; our pizza is ready, I think. I'll go for it.

The *muchachos?* I know them because we're all from Oaxaca, from San Jerónimo Silacayoapilla; we all work in the fields out there in Poway. On weekends there's almost nowhere to go so we get together in that park that's next to the gas station and we drink sodas or they sometimes play soccer. I'd seen that girl around lots of times on her horse; her father is Mexican, I think, and her mother's a *gringa;* she used to always say hello when she went by. I thought that maybe she liked one of the *muchachos,* but I don't think it was Nayo. Not because I'm interested in him, although he's really nice, but because I just couldn't believe it. I'm almost a hundred percent sure it couldn't have been one of them, because nobody was going to take that kind of a chance, especially now with the amnesty thing, when we all want to get our papers in order so we can stay. But I don't know. Maybe it was one of them. But why bring me into the thing? What do I have to do with any of it? And then to say that I could stand by and laugh while another woman was being raped! What kind of animals do they think we are? Back in Oaxaca I used to think that if we made it over here everything would be all right and that our lives would be straightened out. Now I think it would have been better never to have left. But there was no way we could go on living there; there was no work and the rains didn't come. That's why we came up here, to Poway, where a *compadre* of my brother-in-law's was already working. My two nephews were born here, the ones you met when you went to tell my mother that they were letting me out of jail.

I'm so glad they sent you this time, because the other translator who came the first time looked at me like I was the devil or something. I thought that maybe I smelled bad or something or that I was losing my sense of smell in jail and couldn't tell anymore. Or maybe the soap and water in this place gave off a bad smell. I didn't know. Look how big this skirt is on me now and it's only been two months. I just hope it doesn't fall off me. And the zipper is stuck in the fabric. *Chiroles!* It's just that I'm so anxious to get out of here and at least see the sun again. But I promised myself I wasn't going to cry. I wonder how my mother and Queta are doing? I'm just glad my father didn't live to see this. But maybe he's tossing and turning in his grave this very moment. You know, *papacito,* that I had nothing to do with this whole thing. The sandals, right, the sandals. You know that the word of a *mexicana* doesn't mean a thing in this society, anywhere really, but especially against the word of a young *gringuita*. And to top it all off, I heard she's the daughter of a policeman. No, the truth is that they don't want us here in Poway and it's because we're Mexican. They just want us to be around to do the work and then it's like they'd just want the earth to swallow us up and make us disappear so they wouldn't have to see our faces.

"Right, like I said, my parents are divorced and both of them are remarried. I live with my father, but my mom's house is only about two miles away. They're both on the police force so they work real strange hours. I spend a lot of time with my friends or out riding. I was going to cut across the alleyway behind the country store to ride over to my mother's place and I wasn't planning to stop. No, I never talk to the Mexicans. Well, yeah, my father is of Mexican origin, but he's like me, we're American. My mom, like I already told you, lives pretty near us, but after what happened the t-shirt I was wearing was all full of dirt and I didn't want to get to her house all messed up so I went back to Susie's house. I didn't tell them anything about what happened except that some Mexicans made me fall from the horse. Right, so that's when they followed me over to my mom's to leave the horse and then took me to my dad's in their car. When he got in around midnight I told him what had happened. Later on I found out that John had gone back to the country store later that night and had told off some Mexicans who were there. He's the one that told me he'd seen the one with the little mustache there."

It's hard to believe that the Mexican workers out here have no rights and that even in 1988 they can still go out and raid them Nazi style, round up two hundred-plus people and arrest eight of them with no evidence except the word of a fifteen-year-old girl! And we're talking about a girl whose story changes every time she tells it. But none of that stopped the district attorney. I'm almost ashamed to admit it, but when I first read about the case in the

paper, my first reaction was to believe it was true. Maybe it was the
feminist in me coming out or maybe I was remembering what Vicente had done, and all I could feel was anger at the idea that there
were people who could stand by and see something like that take
place and not help the victim, you know, do something to stop it.
Right, yes, yes, I know, Elvira, you can't believe what you read in
the papers, especially when it's something based on what the police reported.

Yes, Mónica, you're going to be free to go. Apparently as soon
as Nayo agreed to have a blood test done on him to compare
his blood type with that of the fetus that's going to be aborted,
suddenly the girl and her parents withdrew the assault and rape
charges against him. Then, suddenly too, the police came out saying that there was insufficient evidence to press charges. What all
of this makes me think is that there never was any rape of any sort.
Of course now what they'll want to do is to deport everyone involved, that's pretty certain, but Elvira told me that she's planning
to sue the police department and the D.A. for false imprisonment
and violation of civil rights. Like I was telling you, when something like this happens, it just can't be forgotten and left like this,
can it?

Como le decía . . .

La carretera 5 que va hacia el norte conecta con la carretera 78 en Oceanside y yendo hacia el este nos lleva a Vista, centro judicial en el norte del condado de San Diego. Hacia allá se dirigía en su viejo Datsun, que aunque viejito seguía jalando. Pero por sí o por no, se mantenía en el carril de la derecha, por si se le paraba cuando menos lo esperara. Ya más de una vez le había ocurrido.

Parece mentira que yo a los cuarenta y cinco años ande de *freeway flyer* pero así es, porque la chambita que me ha tocado de traductora me trae de un lado del condado al otro, de clínicas a escuelas, de hospitales a cárceles, de cortes a oficinas de consultores vocacionales. Es un trabajo que me permite estudiar y a la vez trabajar, porque, sí, yo a mi edad he vuelto a la universidad para recibirme por fin. Después de veinte años de haber dejado todo para casarme y tener familia, me atreví hace tres años a estudiar de nuevo. Ya mis hijos estaban grandes, uno estudiaba en el norte de California y mi hija se había casado con un militar, y yo me sentía libre porque hacía dos años que me había divorciado. También esa decisión me había llevado mucho tiempo, a pesar de las humillaciones y vejaciones que había padecido. Pero como tantas otras mujeres, siempre había pensado que mi esposo cambiaría. Más que nada creo que era la idea de quedarme sola lo que me detenía. Una mujer sola, dicen, como que no vale nada. En mi barrio una mujer sin hombre es un cero a la izquierda. Como si el hombre justificara la vida de una. Como si le diera legitimidad a la existencia de una mujer. Así había vivido yo por veinte años, como una cobarde, como una estúpida. No era tampoco que me hubiera sobrepuesto y lo hubiera mandado a la chingada. No, también eso se había dado cuando ya él dejaba de volver a casa por las noches y ni caso me hacía. Y luego vino el escándalo. Sólo entonces me decidí. Pero una vez que di el paso, me sentí libre y me pesó haber desperdiciado tantos años sumida en una relación que no me había dado nada más que pesares y dos hijos.

Se aproximaba la salida Melrose. Se preparó para salir de la carretera 78. Por allí quedaba la cárcel, según le habían dicho por teléfono. Era un edificio alto con ventanitas en miniatura.

En el proceso también fui abriendo los ojos a otras realidades y he comenzado a darme mejor cuenta del mundo que me rodea. Por ejemplo, hoy reconozco que en California ser mexicano es ser indocumentado. Y ser indocumentado en el condado de San Diego es no sólo vivir en la peor miseria sino vivir sin protección legal y laboral. Sólo algunos de los jornaleros en las granjas de flores o de fresas y legumbres logran encontrar cuartos o garajes para alquilar porque los apartamentos son caros. La mayoría vive en el campo agrícola, en zanjas, bajo cobertizos de cartón y de plástico. Algunos con familia consiguen carpas pero los más duermen a la intemperie. Y cuando alguien protesta la falta de higiene, la falta de servicios en el campo, los granjeros llaman a los guardianes del orden público para que vengan a arrasar el campamento y la gente tiene que salirse y adentrarse más al este, a campos más retirados de las carreteras centrales.

La primera vez que me mandaron al campo a hacer una traducción, tuve que acompañar al abogado a una granja. Allí debajo de los árboles y del zacatal que rodea el arroyo que cruza los sembrados de tomate y fresa había una especie de cartolandia como la que hubo en otros tiempos al cruzar la línea para pasar a Tijuana. El campamento de cartón no se veía del camino por los arbustos y hierbas que hay a la entrada. Buscaba testigos de un crimen el abogado para poder defender a su cliente y yo le interpretaba. Se trataba de aquel caso del asesinato de un indocumentado por una pareja del mismo campamento. ¿Recuerdas, Elvira? Creo que desde tu oficina me recomendaron para que hiciera la traducción del testimonio de la mujer. Del campamento caminamos después a una granja vecina donde al lado de los huertos de naranjos, limoneros y aguacates había otros grupos, principalmente hombres, sentados en troncos de eucalipto y en cajas de madera comiendo sus tacos, calentando las tortillas y tomando sodas. Allí vi dos carpas pequeñas entre el zacatal de donde salían las voces de niños y mujeres.

Esto de la traducción me ha servido como medio para enterarme de un mundo en el que la mano de obra es internacional: mexicanos, salvadoreños, guatemaltecos, hondureños, un mundo en el que los que no tienen seguro se quedan sin servicios médicos. Veo de todo, gente tullida, paralizada, quemada, hombres sin brazos, ciegos, lastimados y arruinados en fábricas, talleres, restaurantes y demás trabajos. Y ahora parece que no sólo trabajo en un condado, qué digo condado, país dominado por divisiones de clase, sino que vivo en un estado policiaco. Sí, Elvira, aunque te parezca que exagero. Tú misma, según me has contado, has visto más de lo que quieres ver.

Buscó el estacionamiento, y se preparó para entrar.

* * *

Esa mañana vino la carcelera, le tiró el paquete con la ropa de la calle y le dijo que se vistiera, que la abogada la esperaba con la traductora en la sala de visitas.

Mónica corrió a su litera y trató de vestirse rápido con la ropa
que le habían traído pero parecía que estaba tullida. Las manos le
temblaban. Su falda azul y su blusa blanca de rayas, las sandalias,
los aretes, todo estaba allí en esa bolsa de plástico. Dos meses sin
ver más que ese uniforme gris que las hacían ponerse diariamente.
Sin hablar más que con las otras presas mexicanas que había allí.
Sin documentos, ¿quién más se iba a atrever a venir a la cárcel de
mujeres? Nadie de su familia, por supuesto, cosa que le parecía
bien. Y los muchachos, ¿qué habría sido de ellos? ¿Acaso alguno de
ellos había confesado? ¿Sería posible? Pero, iba a salir, ¿no? Si no,
¿por qué le habían traído la ropa?

Había estado allí desde fines de abril, desde aquel día que los
habían arreado a todos como a ganado. Era como una pesadilla de
la que uno trata de despertar sin conseguirlo. Como si el tiempo se
detuviera y todo se diera a paso lento.

No sé cómo nos fueron amontonando a todos allí, para luego
hacernos esperar y esperar. A los que protestaron los golpearon y
los ultrajaron nomás porque sí. La redada de todo el día incluyó a
todos los jornaleros mexicanos del norte del condado de San Diego
que pudieron encontrar. Como película recuerdo el montón de
gente asustada que fue llegando a la comisaría. Creo que los cherifes detuvieron a más de 200 jornaleros, jóvenes, viejos, indocumentados y hasta residentes legales, a todos los morenos parejo. Yo
hasta vi a un niño de unos doce años allí con su padre. Al rato el
patrón los vino a buscar muy enfurecido con los cherifes porque le
hacía falta su obrero y ya de tarde los soltaron, a ellos primero y
después a otros también. Y entre todos esos hombres estaba yo, la
única mujer detenida. Pero yo, como les dije, nada tuve que ver.

Como les decía, ese domingo por la mañana después de bañarme
en la pequeña regadera que instaló mi cuñado en la cabina de uno
de esos excusados portátiles que habían abandonado los trabajadores de la construcción, me fui a comprar pan mexicano en la

panadería cercana. Ya mi mamá y la familia de mi hermana que comparten con nosotras el garaje que alquilamos en Poway y que nos sirve de cocina y recámara, ya todos estaban de pie, esperando que hirviera el café y que volviera yo con el pan. Camino a la panadería me encontré a Nayo y a Pepe, que también se dirigían allá.

Nayo como siempre me iba contando un chiste y los tres reíamos a carcajadas cuando de repente en frente se nos paró una camioneta de policías; nos detuvieron y nos dijeron algo que no entendí. Cuando retrocedimos, nos agarraron del brazo y nos empujaron para subir a la camioneta mientras un policía chicano nos decía en español que quedábamos detenidos. Cuando yo me resistí gritando que no había hecho nada, me tiraron del pelo y me empujaron boca abajo dentro de la camioneta; por poco me quiebro todos los dientes del golpe. No lo podía creer, Poway y México lo mismo, porque así nomás es la judicial en México. Como dice mi cuñado, te agarran y allí te pueden dejar tirado y sin un centavo cuando ven que vas de acá y puedes llevar algunos centavos o algún aparato electrónico. La policía es toda la misma. Dígale a la abogada que nos trataron como bestias y sin haber hecho nada.

Para cuando llegamos a la comisaría tenían allí ya a un montón de gente mexicana y seguían llegando y llegando más. Creo que deben haber levantado a todos los hombres mexicanos que vieron por las calles y los caminos del norte del condado. Nos detuvieron allí muchas horas sin dejar que nos habláramos y sin que pudiéramos llamar a nadie, hasta que nos hicieron desfilar frente a una ventana que parecía espejo. De allí nos separaron a mí, a Pepe, a Nayo y a cinco más, nos esposaron y nos trajeron a la cárcel. Fue allí que supimos que a Nayo lo acusaban de violar a una chamaca de quince años y a nosotros de haberle sido cómplices. Imagínese lo sorprendidos que quedamos. Cuando nos lo explicó el abogado

que nos consiguieron primero, no podía yo creerlo. ¿Cuándo? ¿En
qué momento? ¿Cómo? Me dio un miedo horrible. Y yo sin manera
de avisarles a mi mamá y a mi hermana.

* * *

"Sí, ése, el del bigotito, ése fue el que me violó. Y esos otros
siete ayudaron a tenerme en el suelo mientras lo hacía. Como ya le
dije, ese sábado por la tarde salí a pasear a caballo por el lado del
huerto. Primero pasé por la casa de mis amigos John y Susie,
quienes andaban en su jardín regando. Después de un rato me fui
por el camino que rodea el sembrado de tomates y ya iba llegando
al mercado cuando vi a un grupo de jóvenes mexicanos que cami-
naban hacia la carretera. Como hablo español, me les acerqué y les
saludé. Me preguntaron a dónde iba y me hicieron parar, tomando
las riendas del caballo. Luego comenzaron a tironearme para que
me bajara hasta que me bajaron. Me tumbaron y me arrastraron
hacia el callejón que está detrás del mercado. Allí uno de ellos se
me echó encima y entre todos hicieron un círculo alrededor de
nosotros mientras yo forcejeaba con el del bigotito. Los demás se
reían, incluso la mujer. Después de que hizo lo que quiso me dejaron levantarme y se fueron riendo. Entonces volví a montar el
caballo y me devolví a la casa de Susie. Me dio vergüenza decirles
todo lo que había pasado pero esa noche en casa cuando llegó mi
papá de su turno tuve que decírselo."

* * *

Yo me crié en un mundo de mujeres, un mundo en el que la
meta principal era casarse. No era cosa sólo de mi mamá o de mis
tías sino también de mis amigas. Solíamos ir al cine los fines de semana, Laura, Juanita y yo, pero sólo cuando no teníamos cita con
algún chico, porque lo importante, estuvo siempre claro, ha sido

andar al lado de un hombre. El hombre como que nació bajo mejor estrella, siempre el favorito, el consentido, el que merece todas las atenciones.

Los comentarios de mis tías y mi madre iban siempre orientados hacia lo mismo: formar pareja. Era aún más importante que salir bien en las clases o sobresalir en alguna cosa. Por eso después de dos años en la universidad, me salí para casarme con Vicente. El ya se había recibido y había terminado además sus estudios para ser agente del Servicio de Inmigración. Nos conocimos en un baile y habíamos salido juntos cerca de un año, cuando mi mamá comenzó a insinuarme que debía casarme, que no estaba bien que anduviéramos tanto juntos si no había planes posteriores. Mi mamá, que se había casado a los dieciocho años, ya temía que me quedara a vestir santos. Después de todo ya tenía mis veinte cumplidos.

Una es tonta y se deja convencer. Yo realmente no sabía si lo quería o si me gustaba la idea de no tener que preocuparme por el compañero para la siguiente fiesta o para ir al cine. ¡Cómo son las cosas! Y acaso no hice yo lo mismo con mi hija. O tal vez sería el temor de que mi hija fuera a salir encinta y luego Vicente me culpara a mí, como si una pudiera realmente controlar lo que hacen los hijos después de los quince años. Mi hija se ha casado joven, pero no creo que dure su matrimonio. Lo único que tienen en común son las diversiones, pero de allí, nada. Nunca hablan de nada, ni aún de las noticias del día. Como yo y Vicente, aunque yo realmente quería que platicáramos de las cosas, pero él actuaba como si lo que yo quisiera decir no tuviera ninguna importancia y me dejaba con la palabra en la boca.

Cuando Vicente se recibió de agente, le asignaron venir a la frontera, a San Diego, y antes de venirnos de Austin, nos casamos. Me parece ahora raro que después de vivir toda la vida en un ba-

rrio donde el término "migra" se enunciaba con desprecio, no hu- 161
biera yo reaccionado, no hubiera yo visto las implicaciones de ese
puesto y más concretamente, lo que su elección de carrera pudiera
decir de él, de Vicente. Creo que lo único que mi familia vio fue la
posibilidad de mejorar de situación económica, después de todo
mi padre no era más que portero en una escuela. Tenía trabajo seguro, con beneficios médicos, pero no pasaba de ser obrero. En
cambio Vicente, con título universitario y puesto con el gobierno,
parecía la gran cosa. No pensaron que yo, de haber continuado mis
estudios, podría haber llegado a ser profesora o bibliotecaria.

Nos vinimos a National City y allí nacieron mis dos hijos y con
los años yo me fui integrando en las actividades de las escuelas y
ayudando a veces de voluntaria. Allí conocí a unos profesores de la
universidad estatal; ellos nos hablaban de la importancia del lide-
razgo en la comunidad, de que los padres se instruyeran para tener
voz y voto en cuanto a lo que se enseñaba en las escuelas. A mí no
tuvieron que convencerme de la importancia de la educación bilingüe porque yo seguía hablando español en casa con mis hijos,
aunque Vicente les hablaba sólo en inglés. Fue por ese profesor
Ochoa y otros que comencé a enterarme y a interesarme en la
situación de los niños monolingües y especialmente en la de las familias indocumentadas, pero cuando trataba de decir algo en casa,
Vicente siempre me callaba. El país, decía, ya está lleno de ilegales
que vienen a quitarnos los trabajos; otros no quieren trabajar, sólo
les interesa ver qué sacan del gobierno, "welfereros," les llamaba.
¿Por qué habremos de pagar nosotros para que estos aprovechados
estén de holgazanes?

No había cómo hacerle ver que los que trabajaban más eran
los indocumentados, que era claro que las empresas agrícolas los

querían en el país, que en vez de beneficiarse más, eran los más explotados. Fue por entonces que comenzaron a aumentar los accidentes por la carretera 5 de indocumentados, mujeres, niños y hombres que morían atropellados al querer cruzar la autopista para que no los agarrara la migra; el tráfico contrario venía a más de 60 m.p.h. y no había cómo desviarse ni como frenar. ¡Pensar que mi esposo pudiera ser el que iba persiguiéndo-los! Lo que son las cosas, yo vivía con ese temor, pero tenía que tragármelo ya que ni me atrevía a decirle nada a Vicente. Aún cuando fueron creciendo mis hijos, si no le parecía la conversación, se levantaba y se iba y nos quedábamos allí solos con la cena. En público si me oía comentando cosas con la gente, venía y me hacía callar allí delante de la gente, diciendo que yo no sabía de lo que hablaba, que nomás repetía lo que les oía a los profesorcitos de San Diego State. Me trataba de estúpida y él claro, era el que lo sabía todo, el más informado de todo y siempre quería dar cátedra sobre la política y jactarse de su última promoción.

Y ya ves, en qué fue a parar todo. Tú misma ibas a defender a la víctima. Cuando lo acusaron de violar a la indocumentada que de noche cruzaba la línea por Otay Mesa me costó creerlo, ¡tan tapada así estaba! Después, cuando ya no hubo duda, sentí vergüenza, y más aún, cuando a pesar de todas las pruebas, salió libre porque le pagaron a la mujer para que no viniera a testificar. "Mujer," digo, pero si realmente era una chica de la edad de mi hija. Fue sin duda el comienzo de mi liberación porque tuve por fin el coraje de hacer lo que debí haber hecho hacía tantos años. Y ahora, si Vicente me viera aquí, seguro se le reventaría alguna vena. Sí, ya era hora. Ha sido como comenzar a vivir y sólo me duelen esos veinte años perdidos, malgastados. Cuando pienso en toda la mierda que me tragué, quisiera tomar una esponja con jabón para poder lim-

piarme el cerebro y la vida misma, pero la historia, a pesar de que
a veces se borra con el tiempo y con las palabras, en realidad sólo
cambia cuando se transforma. Y en eso estoy, aunque no dejo de
preguntarme ¿cómo es que puede una ser tan masoquista o actuar
como si el mal propio le conviniera? Dime tú, Elvira, que lo has
sabido hacer todo tan diferente. ¿Son realmente diferentes las rela-
ciones entre mujeres o es todo la misma mierda? Mira, creo que
nuestra pizza ya está lista. Voy por ella.

* * *

Yo a los muchachos los conozco porque somos todos de Oaxaca, de San Jerónimo Silacayoapilla; trabajamos juntos en una
granja allí por Poway. Los fines de semana, casi no hay a dónde ir,
y por eso nos juntamos en el parquecito que queda al lado de la
gasolinera, a tomar sodas o a jugar ellos al fútbol. A la chamaca esa
yo la había visto muchas veces por allí a caballo; parece que el
padre es mexicano y la madre gringa; siempre que pasaba nos
saludaba en español. Yo pensé que alguno de los muchachos le
gustaba, pero no creo que haya sido Nayo. Y no es porque a mí me
guste, aunque me cae rebién, sino porque no puedo creerlo. Lo
más probable es que no haya sido ninguno de los muchachos,
porque sería mucho arriesgarse ahora que todos queremos arreglar
nuestros papeles con eso de la amnistía para quedarnos por acá.
Pero yo qué sé. A lo mejor sí fue uno de ellos, ¿pero a mí por qué
me meten? ¿Yo qué culpa tengo de todo esto? ¡Como si yo fuera a
quedarme parada riendo cuando están violando a una mujer! Pero
nos ven cara de brutas o ¿qué? Y yo que creía que con venirnos nos
arreglábamos la vida. Mejor nos hubiéramos quedado allá. Pero allá
tampoco, ya no se podía nomás. No había trabajo, no llovía. Por
eso nos vinimos los cuatro a Poway donde trabajaba un compadre

de mi cuñado. Aquí nacieron mis dos sobrinos, los que tú conociste cuando le fuiste a llevar el recado a mi mamá de que ya iba a salir de la cárcel.

Me alegro que te hayan mandado a ti, porque la otra, la que vino primero a traducir con el otro abogado me veía como si fuera yo el mismo demonio. Me puse a pensar que tal vez yo olía mal y pensé que en la cárcel ya comenzaba a perder el olfato. A lo mejor el jabón y el agua de aquí tienen mal olor. Yo qué sé. Pero mira nomás, esta falda ya me queda grande, después de dos meses. Con tal de que no se me caiga. Ay, este cierre ya se me atoró en la tela. ¡Chiroles! Estoy con demasiadas ansias por salir y ver de nuevo el sol. Pero no voy a chillar. ¿Cómo estarán mi mamá y Queta? Qué bueno que mi papá ya no tuvo que ver esto. Pero a lo mejor se está retorciendo en la tumba. Tú bien sabes, papacito, que yo nada he tenido que ver con todo esto. Las sandalias, ahora las sandalias. Bien sabes que la palabra de una mujer mexicana no vale nada en esta sociedad, en realidad en ninguna, pero menos en ésta, especialmente cuando se ve acusada por una niña gringa. Y dicen que es hija de un policía, para acabarla de amolar. No, lo que pasa es que aquí en Poway no nos quieren, porque somos mexicanos. Nomás nos quieren para el trabajo y luego como que quisieran que nos tragara la tierra, para no tener que vernos la jeta al pasar.

* * *

"Sí, mis padres son divorciados y los dos se han vuelto a casar. Yo vivo con mi papá, pero la casa de mi mamá queda a sólo 2 millas de mi casa. Como los dos son policías tienen horarios raros. Yo paso mucho tiempo con mis amigos o paseando a caballo.

Yo pensaba ir por el callejón del mercado, echando travesía para llegar a la casa de mi mamá. No tenía ninguna intención de parar. No, yo nunca les hablo a los mexicanos. Sí, mi padre es de origen

mexicano, pero él como yo, *we're American*. Mi mamá, como ya
dije, vive cerca, pero después de lo que me pasó traía la camiseta
toda llena de tierra y no quise llegar así toda mal aseada a su casa
y mejor me devolví a la casa de Susie. No les conté nada, nomás
les dije que unos mexicanos me habían hecho caer del caballo.
Ellos entonces me acompañaron a la casa de mi mamá, siguién-
dome en el carro; allí dejé el caballo y luego ellos me llevaron a
la casa de mi papá. Cuando llegó a medianoche, le conté lo que
había sucedido. Después supe que John había ido con rumbo al
mercado esa misma noche para llamarles la atención a unos mexicanos que andaban allí. Fue él quien me dijo que había visto allí al
del bigotito."

* * *

¡Parece mentira que aquí los obreros mexicanos no tengan derechos y que todavía en 1988 se pueda hacer una redada estilo Nazi,
detener a 200 personas y arrestar a 8 de ellas sin más evidencia que
la palabra de una chica de quince años! Que además se desdice
cuando habla del asunto, aunque eso en ningún momento detuvo
al fiscal. Vergüenza me da decirlo, pero al ver la noticia en el periódico, hubo un momento en el que casi no dudé que fuera verdad. Me salió lo feminista o tal vez pensé en lo que había hecho
Vicente y me dio rabia el pensar que hubiera personas que pudieran
presenciar algo así sin intervenir, sin defender a la víctima. Sí, ya
sé, Elvira, no puede una creer nada de lo que lee. Y especialmente
cuando se basa en informes dados por la policía misma.

* * *

Sí, Mónica, vas a quedar libre. Parece que tan pronto como Nayo
aceptó que le hicieran un examen de sangre para compararla con
la del feto que se va a abortar, los padres y la chica de repente

retiraron los cargos de asalto y violación. De repente, también, los policías han dicho que no tienen pruebas suficientes como para probar los cargos. Que se me hace que ni hubo violación ni nada. Y ahora a todos los querrán deportar, eso clarito, pero Elvira dice que va a demandar a la policía y al fiscal por arresto falso y atropello de derechos civiles. Esto no puede quedarse así.

El Tejón

"I didn't want to tell you about it. I didn't want to tell you," she said. But she *should* have told me the very day I got back. Damn her; she'd been covering up for him. That's why I left him in the car. They didn't find him for several days, until someone walking by in the park complained.

When I got out of jail I went directly to my mom's house. I already knew that Celia had moved out, and that she'd taken Margie with her. She had to have known that she couldn't be going out and everything and that my folks weren't going to put up with it. I'd been in Huntsville about four years by then; they'd picked me up smoking weed with the guys and because I was carrying over a pound they sent me straight off to the joint. Hey, what can I tell you, when you're not around, a broad's gonna wander. I figured as much when she stopped writing to me. Then later my mom wrote and said that Celia wasn't living with them anymore, and that she was shacked up with some guy, one of Toribio Juárez's boys. The one they called el Tejón. He was a few years younger than me, but I'd seen him around. At the beginning I got real mad and jealous and all that shit, but as time went on I started to forget about it, especially later on, after I met this other chick, one of my jail buddy's sisters. Miguel and me got real tight and he's the one that talked to his sister Raquel about me. Raquel asked about me too and started coming to see me on visitors' days. She was something else. She started bringing me books and stuff and we'd talk once a week. While I was on the inside—because of her—I signed up to take some classes. What I *did* still care about was Margie. She was three years old when I went in and even though I still got pictures of her once in a while I really worried about her, especially when they stopped living at my mom's. It wasn't that I worried about her because of Celia, because she always took good care of the kid. The thing was that when Margie started school Celia got a job, you know, working as a maid at the Town House hotel downtown. That's when they moved out of my mom's place. And you know, I'm not sorry I did what I did—even though I'd sworn to myself that I'd never go back to jail. When I got out of the joint I figured I'd file for divorce, since I already knew Celia was with el Tejón. That way they could get hitched and maybe me and Raquel would get together. Hey, but those dreams were wiped out right off. *She should have told me right away.* After I got out, when Margie first saw me at my *amá's* house, she ran away from me and started to cry when I wanted to give her a hug. It was like she was afraid of me. She was real pale and skinny, like she was sick or something. My *amá* told me that she'd been like that for about a month and that she didn't want to eat anything. It was real strange because she'd always been a little chatterbox, always getting into things and we'd always been real tight, and now she was acting real strange, you know, like she was nervous and scared or something. After a few days though, Margie seemed a little less scared of me, so me and my sister took her swimming and to the swings at the park and to one of those fairs for *chamaquitos* where they have carnival rides and stuff. But it was still strange. One night when she stayed over at my mom's she woke up in the middle of the night screaming and crying. That was around the time I went to the lawyers to sign papers for the divorce. I wanted to ask for custody of Margie too and that afternoon I went to talk to Celia after work. I told her that I'd avoided talking to her since I got out because I didn't want to make trouble for her and el Tejón, but she told me that they weren't living together anymore. When I told her that I was going to file for divorce and that I wanted to get Margie, she started crying and crying. We walked out of the hotel and we sat down in the car to talk but she just went on crying. Finally she told me about what had happened. She kept saying over and over again that it hadn't been her fault. That's when I found out. She'd already told el Tejón that she didn't want him around anymore—she'd kicked him out already—and then one day he came over after Margie got out of school and he molested her. That's why I went after him and when I found him I chopped him up into pieces. I gathered up all the pieces—all of them—and put them in one of those green trash can liners and left him in the trunk of his own car. Now that you've discovered the trash bag, I'm here to turn myself in. I killed el Tejón. And if I could, I'd do it again.

El Tejón

"No quería. No quería decírtelo," me dijo. Pero debió decírmelo el día que llegué. La condenada le había estado tapando. Por eso lo dejé allí en el carro. Y no lo encontraron por días y días hasta que alguien se quejó, alguien que pasó por el parque.

Cuando salí de la pinta me fui derechito aca mi amá. Ya me habían dicho que la Celia se había salido de la casa, que se había llevado a Margie. No podía andar pa arriba y pa bajo y pensar que en mi casa no le iban a decir nada. Yo había estado allá en Huntsville cuatro años; me habían agarrado fumando mota con la bola y como yo traía más de una libra encima, me mandaron derechito a la pinta. Y cuando uno no está, pues la hembra agarra la paseada. Eso ya me lo había imaginado cuando dejó de escribirme. Después mi amá me escribió y me dijo que la Celia ya no vivía en casa, que andaba quedando con otro, con uno de los hijos de Toribio Juárez. Con el que le decían el Tejón. Lo conocía así de vista. Era menor que yo. Al principio me dio rabia y muchos celos pero con el tiempo se me fue olvidando, especialmente cuando conocí a otra ruca, la hermana de un camarada allá en la pinta. Nos hicimos muy amigos Miguel y yo, y fue él quien le habló a su hermana Raquel de mí. Después Raquel pidió verme durante las visitas y comenzamos a platicar una vez por semana. Era retechula la chamaca. Comenzó a traerme libros y por ella me inscribí en algunos cursos. Lo que sí me importaba era la Margie. Tenía tres años cuando yo me fui y aunque me seguían mandando fotos, me preocupé después cuando no estaban con mi amá. No era por la Celia porque ésta la cuidaba bien. Pero cuando la Margie empezó la escuela, Celia agarró una chamba de *maid* en el hotel Town House. Fue entonces que se fueron de donde mi amá. Por eso no me arrepiento, aunque ya me había prometido a mí mismo que no volvería más a la pinta. Y como la Celia andaba con el Tejón, pensé arreglar el divorcio al salir. Pa que se pudiera amarrar Celia con el vato y yo, tal vez, con Raquel. Eran sueños que pronto se me esfumaron. Pero debió decírmelo luego luego. Cuando la Margie me vio en casa de mi amá, corrió llorando al querer abrazarla. Me tenía miedo. Estaba bien pálida y delgadita, como que estaba enferma. Me dijo mi amá que hacía un mes que estaba mal, que no quería comer. Y ella que tanto había hablado de su *daddy,* ella que era tan platicadora y traviesa, ahora andaba con miedos y nerviosa. A los cuantos días Margie entró un poco en confianza y con mi hermana la llevamos a pasear al carnavalito, a nadar y al parque a jugar en los columpios. Fue cuando se quedó a dormir con su abuelita que la oímos despertarse llorando y gritando. Días después me fui a ver al abogado pa pedir el divorcio. Quería también quedarme con la Margie. Esa misma tarde me fui al hotel a buscar a la Celia después del trabajo. No había querido llamarla ni ir a verla a la casa para no traerle problemas con el Tejón, pero me dijo que ya no vivía con él. Cuando le dije que quería el divorcio y quedarme con la Margie, se echó a llorar. La saqué pa fuera del hotel entonces y nos subimos al carro a platicar. Lloraba desesperadamente hasta que por fin me dijo lo que había pasado. No había sido culpa de ella, me decía, pero cuando el Tejón supo que ella ya no quería vivir con él, cuando ya lo había corrido de la casa, se había aprovechado de la niña una tarde al llegar Margie de la escuela.

Por eso me fui a buscar al Tejón y cuando lo encontré, lo descuarticé. Lo puse todo enterito, pedazo por pedazo, en una bolsa verde de plástico, de esas que se usan para los botes de basura, y lo dejé guardado en el baúl de su carro. Y ahora que lo encontraron, me vine a entregar. Yo maté al Tejón. Y si pudiera, lo volvería a matar.

The Brand New Suit

There he is, all decked out in his brand new suit, tie, starched shirt and new shoes. He never looked better, surrounded by his ten children and grandchildren, by friends and neighbors both from the past and present.

"I tell you, it's a far cry from that blue suit that he got married in way back—you remember, don't you?"

"What I remember was that the day before we'd been hoeing cotton till late in some fields out near Mereta. Ramón was wearing his usual jeans and blue work shirt. His hands were all callused from handling the hoe—and scratched from pulling out the roots—and I remember how weathered his face was from being out in the sun. But you wouldn't have recognized him as the same man the next day, all washed up and shaved and dressed up in that blue suit of his. I was on my way back from the barber shop when me and some other fellows heard the music. We decided to see what was going on over at the Flores' place. The newlyweds were there, sitting on a sofa that had been covered for the occasion with a white linen sheet. Ramón was holding her hand and they both were smiling timidly. I never saw him in a suit again in the forty-six years that I've known him. Not until now."

"I tell you, I think he even looks younger. You'd never believe he'd been in the hospital."

Good for you, m'hija. You're a big girl now and you'll be able to help out your dad. So they gave you the job at the laundry. What did you say they'd be paying you? Ninety dollars? And that's a month, you say? M'hija, that's not much, but anyway it'll be a big help, let me tell you. Believe me, it'll be a big help.

"Doña Chona chose the tie for him special; she's always said that striped ties were his favorite. It looks good on him, doesn't it?"

"We met out in Lubbock, that year that we followed the crops out there. Later on we worked together out in Fort Worth and farther north. It was only by chance that we happened to be out this way now because me and my *vieja* came out to see Mere, our daughter, who's just had a baby. The truth is we get old and worn out pretty fast. They stayed out here in Salinas after my *compadre* injured his back. It didn't make sense to keep making the trek from *el valle* and back; after all, it's more than 1,500 miles just one way."

Apá, let me borrow the car for a little while at least. Don't worry, I'll be careful. Yes, yes, I know, the gears get stuck and it won't go in reverse. No, I won't turn the engine off and get stuck. I just want to take it out for a spin, Apá, I'll be right back.

"The only thing I'm telling you is that he was always so tied to his *vieja* and the kids. He'd never go out with the rest of us and have a beer or anything. One thing's true, he'd always hand over his whole paycheck to doña Chona. Even so, it was never enough with the string of kids they had, and Ramón never did make much anyhow. Later on, when he was working at that school as a janitor he earned even less."

Look, son, nothing good's ever going to come from your drinking. It's hard enough to make it, even just to put frijoles and fideo on the table. And if you take to drinking, where's the money going to come from for that? Not when the kids are going around without decent shoes, no, m'hijo, we just can't go around throwing our money away like that.

"Don Ramón himself picked out that suit a long time ago, back last year sometime. There's always a selection of suits to choose from on that little card we get each year. He had even picked out the shoes."

"It was my cousin Enrique who sold the policy to him, way back, some twenty years ago, I think. Who would have imagined that he'd want to look all dressed up and elegant like this? I mean, since you never saw him in anything but his work clothes. Who would have thought it?"

Don't worry about me, Chona, go ahead and buy something for the muchachos because school's about to start and they'll be needing some new pants. I can make do a bit longer. Oh, and I got myself a little extra job for this Saturday. Old man Smith over at the big church downtown, the one down on Rosecrans, well, he wants me to come help water the whole yard. I bet it'll take the entire day because the place is more like a mansion than a church.

"No, you've really got to admit that he looks down right fine, with his new suit and all.

The attendants are coming in now. And I want to see my *viejo* one more time like this, all dressed up and rested. I want to see him once again, up close. Before they come and close the casket."

El traje nuevo

Allí está, todo estrenáo, con su traje nuevo, corbata, camisa almidonada y zapatos nuevos. Está como nunca, rodeado de sus diez hijos y sus nietos, de familiares y amigos. De presente y pasado.

—Ni de dónde se parezca al trajecito azul aquel con el que se casó, ¿verdá, tú?

—Me acuerdo que el día antes habíamos andao en el desahije allá por Mereta hasta ya bien tarde. Como siempre, Ramón andaba con su pantalón de mezclilla y la camisa azul de trabajo. Tenía la cara toda tostada por el sol y las manos llenas de callos de apretar el azadón y de rasguños de donde sacaban las raíces a veces con las manos. Pero pal siguiente día andaba todo bañáo y rasuráo con aquel trajecito azul. Venía yo de la barbería cuando sentí la música y con otros cuates me fui a asomar a la casa de los Flores. Estaban allí recién casados, sentados en un sofá que habían cubierto de un lienzo blanco. Ramón la tenía de la mano y los dos sonreían tímidamente. No lo volví a ver de traje en los cuarenta y seis años que lo conocí. Hasta ahora.

—Hasta más joven se le ve. Parece mentira que haiga estáo en el hospital.

"Bien haiga, m'hija. Es muy mujerota y ya le va a poder ayudar a su padre. Así que te dieron trabajo en el londres. Y ¿cuánto te van a pagar? ¿Noventa dólares? ¿Por mes? Ay, hija, es bien poco, pero sea como sea, será una ayuda, no creas. Será una gran ayuda."

—La corbata la escogió doña Chona porque dice que las de
rayas siempre han sido sus favoritas. Y le van bien, ¿no?

—Nos conocimos en Lóbica un año que fuimos nosotros allá a
las piscas. Después anduvimos juntos por Forowés y luego allá pal
norte. Fue de pura casualidá que me tocó andar por acá porque
vinimos mi vieja y yo hace unos días a ver a m'hija Mere que acaba
de dar a luz. No, si se acaba uno pronto. Ya cuando mi compadre se
lastimó la cintura se quedaron por acá en Salinas. Ya no tenía caso
andar vuelta y vuelta al Valle. Si son más de 1,500 millas a Texas.

*"Oiga, Apá, emprésteme el carro, nomás un ratito. No se preocupe,
que tengo cuidado. Ya sé, los cambios se atoran y no entra en reversa.
No, si no voy a parar el motor. Si nomás me quiero dar una vueltecita,
Apá, ya vuelvo."*

—Lo único que sí digo es que 'taba demasiáo atáo a su vieja y a
sus chamacos. No se daba nunca su vueltecita ni se salía a echarse
su helada como nosotros. Eso sí, le traiba todo el cheque a doña
Chona. Pero de todas maneras ni le alcanzaba porque tuvieron una
chorrera de hijos y a Ramón siempre le pagaron poco. Y después
cuando limpiaba y barría allá en la escuela, ya menos ganaba.

*"Mira, hijo, las borracheras no te van a traer ningún provecho. Si
apenas alcanza uno pa los frijoles y el fideo. De ónde va a quedarle a
uno pa empinársela. Cuando los chamacos andan descalzos, no, hijo, no
podemos tirar la feria así nomás."*

—Fue don Ramón el que escogió el traje, desde hace mucho,
desde el año pasado. En la tarjetita que mandan ahora cada año
viene la selección de trajes. Hasta los zapatos los había escogido él.

—Mi primo Enrique fue el que le vendió la aseguranza, desde
hace como unos veinte años, creo. Ni quién pensara que quisiera

verse todo trajeado y elegante. Como siempre anduvo con sus garras de trabajo. ¿Quién iba a pensar?

"*No, no te preocupes por mí, Chona, mejor cómprales a los muchachos porque ya viene la escuela y necesitan sus pantaloncitos nuevos. Yo así me aguanto un poquito más. Y ya me salió chambita pal sábado. El viejo Smith de la iglesia aquella grande del centro, la que queda por la Rosecrans, pos quiere que le ayude a regar toda la yarda. Tengo pa todo el día porque eso más parece mansión que iglesia.*"

—Si está reguapetón don Ramón. Con su traje nuevo.

Allí vienen ya los asistentes. Yo quiero verlo una vez más a mi viejo, todo trajeao, todo guapo y descansao. Quiero verlo una vez más. De cerca. Antes de que cierren el ataúd.

Lucho

I don't know if you remember me, but I've known you since you were little. I even remember the day you were born, back in '37 in San Angelo . . .

San Angelo, la Loma, la Villita, el Sobaco, el Pozo, el Bulto Prieto, Chadbourne Street, the Roxy.

Back then you all lived in front of Don Samuel's store, before you all moved, that is. Do you remember? Well, that's where we lived too, across the street. You bet I remember; you were born right there. No, I tell you, San Angelo's changed a lot. Do you remember the Parián place? Well, it's all run down now, but it's still there, although it gets a lot of competition from the other tortillerías *they've opened up on Ben Ficklin along the freeway. The old Pozo is almost gone though . . .*

El Pozo was at the foot of the freeway embankment, on the outskirts of town, on the old Highway 87. When the rains came it always flooded out. More than once the houses there were carried away by the floodwaters and people had to leave their houses and head for higher ground. El Pozo, as we called it, with its four *cantinas* was right there, right next to the embankment.

So you finally remembered who I am. Yes, right, I'm Fidencio. Danny's father. I knew your amá *and your* apá *real well, and your grandma Nati too. You bet I did.*

"Come on, little Lucho, you keep quiet and stay right there playing with your truck. Right here behind the counter, that's it. But don't make a fuss and don't bother me because I'm going to be real busy. And if you get sleepy, well, just lie down there on that blanket I put down for you and go to sleep; just don't bother me because there's lots of patrons in here tonight and . . . Get down! Now! Can't you hear the gunshots? *Hijos de la Chingada!* Why don't they take their goddamn fights somewhere else."

So that's why when I saw your picture in the papers, well, I told mi vieja *that we had to come down and see you, or at least me, I had to, anyways. It's Nati's grandson, I told her. And also because you and Danny were such good friends when you were little. I suppose you heard he never came back from Korea. Yeah, m'hijo was just cannon fodder for the government over there on the front lines, yeah, just like so many other* mexicanos. *But I tell you, since that happened, I'm telling you, I'm a lot smarter, more bitter too, but I've wised up a lot. You know, 'cause I used to think that this country was the best place there was, but now I've come around to see that it's just as bad as Mexico, where I was born. Man, I'm telling you, it's the same all over, them that's got it, do well and them that don't, get the shaft. That's the truth. Anyhow, that's why, you know, on account of Danny, well, that's why I decided to come down here to see you when I found out. Me and my* vieja *are out here with Chon Gonzáles' family—I don't know if you remember, you know, they lived over on Irving, near the Pentecostal church. Well, we're out here with them, picking grapes out in the Coachella Valley. Chon's the one that*

*brought me the paper and I told my wife, I gotta go see him, I gotta go
'cause of Danny . . .*

"*Orale, vato,* wanna joint?"

"*Sirol, ése,* but I'm broke man, I ain't got no dough."

"*No se agüite, ése* Danny, no problem, you're good for it, we'll
take care of it later."

"*Órale, ése.* '*Tá resuave.* Listen up, Lucho. Talk is they're gonna
send you up to Gainesville."

"*Chale, ése,* guy. Hey man, if they catch me, man, I'll take off.
Watcha, I got myself a job this week. Check it out, selling weed
around town. Man, and with the bucks I get from that I'm splitting, I'm outta here. You want in, Danny?"

"*Nel, carnal.* No, man. Forget it. I'm not into that."

"*Újule, cabrón,* what a pussy."

*That's why I came down to see you. I started down from Coachella
for Los Angeles last night . . .*

"Look, Martínez, I know that boy. I know his whole history, his
whole family and everything. I know how the poor kid was
brought up. You're the only lawyer we know here in Los Angeles.
Why don't you look into it and see what you can do for him?"

"Don Fidencio, look. I don't want to get involved in this kind
of thing. Boys like Luis Sosa don't deserve it, they don't deserve
anything. Maybe he had a hard life, but, hey, so did I and I was
able to make it, wasn't I? Yeah, right, I had to go to school and
do it all with nothing but hard work and no help from anyone.
There's some people who are just born bad, you know what I
mean, they're just born lazy or just bad seed. I know, I know,

things are tough for *mexicanos,* but when you really want to make it, well, you just do what you have to do to get an education, you do what it takes to succeed. I mean, after all, this is a country of opportunity for all, where all you have to do is pick yourself up by your own bootstraps, like they say, no matter how bad off you are.

I figured that your people probably couldn't come out here to see you, Lucho, so I decided to come down. I'd already heard from my boys that you'd escaped from Gainesville and that they were looking for you . . .

"*Abusao,* Lucho, check it out, *ése.* So when we make it to the edge of the cotton row, we take off to the canal. If they see us, we'll tell 'em we went to take a leak. If we make it, well, then dive in and swim real quiet-like until you come out on the other side of the fence over by the orchard. Got it? From there we'll head out through the corn until we make it to the huts where the *mojaos* live. We'll stay there until it's dark. Right? Got it? *Póngase trucha, ése,* let's go, *juímonos.*

But I didn't know you'd escaped to California. Lucho, Lucho, how did you ever get involved in something like this? Life is hard, my boy, real hard for those of us who are down and out, but nothing good can come out of this, it never fixes anything. I don't know if you remember way back when all of us went out to pick cotton out in that place called Tahoka. Maybe you were too little to remember it, but we went out in Don Lorenzo's big truck, you and your brothers, your apá and amá—all of us, all the little huerquerío—even your grandma went with us that time. I remember that at one of the ranches one day the gringo said he wasn't going to pay us; he said something about us having picked the cotton too early in the morning, before it'd had time to dry out. The bastard came

out and told us that at about three o'clock in the afternoon when we'd al-
most finished picking the whole field. Yeah, I remember we went up to
him and argued with him, but he told us to pack up and leave, or else he'd
sic the sheriff on us. I'm telling you, that day I would've set fire to his
damn ranch or I could've killed him, I was so mad at that gringo. *But*
mi vieja told me, what's that gonna fix? They'll put you in jail and then
what's gonna happen to me and the kids? Back then, Lucho, there was
no union for us farmworkers, no Civil Rights, no nothing. There wasn't
even any Chicano lawyer around to defend you. Anyway, there was
nothing we could do, so that day we just had to pick up and leave that
gringo's farm, mad and all, like we were. Jijo de su . . . But anyway,
that's the only time, I think, that you and your family came along with
us, and maybe you don't even remember. You were about seven years old
and Danny was about ten. Hey, but I remember. I remember it real good
because that's when I learned to read and write in English. At night, one
of Don Lorenzo's daughters used to gather up the kids to teach them and
I'd hang around just to see what it was about. That's how I started and
then I just went on. School's real important, Lucho, I just don't know why
you stopped going, I mean, you were so good at sports and everything . . .

"Check out that Lucho, *ése. Se avienta pa' correr.* Man, he's hauling. He can outrun any *gringo* in the one hundred meters. *'Tá bruto.*"

My Danny went on to the tenth grade but then he dropped out 'cause
he wanted to work so he could get himself a car. Hey, I sure couldn't help
him out to buy it. After that the Army got him. Look, we all know no-
body ever gets rich working, Lucho, but this kinda thing doesn't fix any-
thing either . . .

"*Andale,* Lucho, come on, what's with you? Come in on it. It's a
good deal, man. We're never gonna make it with the gardening

shit. The old lady wants us to blow away the daughter-in-law, man, and she's willing to pay us big bucks. They're loaded with cash. I don't know, man, I don't give a damn why she wants to get rid of her *nuera*. Who gives a shit as long as she lays out the cash. I think she's one of those jealous *viejas*. She's possessive about her son, or something, get it? But the old lady knows the daughter-in-law's routine and she says we can do her real easy. Come on, 'mano, we'll just have to grab her, stick her in the car and take off to the hills and nobody'll ever know nothing. There's no way they can connect us to it. Come on, man. Are you in or not? *Chingao, hombre,* man, with this deal we can be rich and split to Mexico or wherever.

I realize you're not the only one to blame, Lucho. Your parents didn't really pay much attention at all to you after they started running the cantina. *That had to have something to do with it, and maybe, well, your grandma was always sort of wild . . . maybe it had something to do with the bad examples you saw. Or maybe just the constant poverty. We're always just making ends meet and you young people don't know how to wait, you don't want to wait for anything and so, well, you decide to do whatever you think'll get you what you want. You think that it's just a matter of grabbing what you want and taking off, but you forget that only rich people can steal and get away with it. They can rob millions and they can get the law to be on their side, but if one of us tries to even himself up, even a little, we end up rotting in jail. Mind you,* muchacho, *to tell you the truth, I can understand robbery. I mean, things in this world are just divvied up wrong. But killing—and especially killing for money—is a whole different thing. That's just not right, son, it just ain't right. I could understand it more if the killing had been to change things in a country, or if it was payback for someone killing someone, but not for money,* m'hijo. *Not just for money.*

"*Hijo' e-la Chingada,* Chuy. Sonovabitch, man, you didn't tell me she was pregnant!"

"Look, *cabrón,* don't back out on me now. It's too late to be thinking about it. You're in now and we gotta do it."

Look, Lucho, it's getting late and I gotta go now. Todo sea por Dios. You ask Him to forgive you.

"Look, Martínez, it's just that you don't get it, do you. You, with all your schooling and all your degrees, you still don't understand a thing. Don't you see that the few *mexicanos* who get an education like you are an exception, a tiny minority. Thousands, and I mean thousands, of others never even finish high school so they can go out and get a job somewhere. So if there's one Chicano who pulls himself up by his own bootstraps, like you say, there are thousands going around unemployed, thousands who end up in prison. You know it. Thousands are out there working as busboys or dish-washers or cooking and cleaning other people's shit. It's our boys who end up out there with a shovel, digging ditches, carrying boxes, sweeping streets and emptying trash, or out there in uniform somewhere, blown up by a land mine. No, I know, you think that just because you . . . but what's the use? What's happened is that you just want to forget. Look, I'm old now, Martínez, but I'm not blind. You're standing right there talking like a parrot, just repeating the exact same things a *gringo* would be saying. I'm telling you, what a waste of so much education on you, Martínez. You and your education. Life hasn't taught you a damn thing."

"Don Fidencio, look, you'd better go now, but there is one thing I can tell you: there's nothing and nobody that can save that boy now. A month from now they're sending him to the electric chair. Luis Sosa, the other one, and even old lady Duncan are going to fry."

Lucho

"No sé si te acuerdas de mí pero yo te conozco de cuando eras chiquito. Hasta me acuerdo del día en que nacites, allá por agosto del '37 en San Ángel..."

San Ángel: La Loma, la Villita, el Sobaco, el Pozo, el Bulto Prieto, la calle Chadbourne, el Roxy.

"Allá cuando vivían Uds. en frente de la tiendita de don Samuel antes de que Uds. se movieran. ¿Te acuerdas? Pos allí vivíanos nosotros también al cruzar la calle. Allí nacites tú, bien que me acuerdo. No, ya San Ángel 'tá muy cambiáo ¿Te acuerdas del Parián? Pos allí sigue todavía pero ya to'o destartaláo, con mucha competencia ahora por las otras tortillerías que hay por la Beniflique y por el freeway. Pero el Pozo, ya casi no está..."

El Pozo quedaba allí al pie del bordo, a la salida del pueblo, por la vieja carretera 87. Ah, pero cuando llovía, se inundaba todo. Varias veces la creciente se llevó las casas que estaban al lado y la gente tuvo que salir corriendo para la loma. El Pozo, con sus cuatro cantinas, quedaba allí merito, al lado del bordo.

"¿Ya te acordates de mí? Sí, soy Fidencio, el papá del Danny. Conocí retebien a tu mamá y a tu papá y a tu abuela, ¿cómo no la iba a conocer?"

—Luchito, quédate silencito, jugando con tu troquita. Allí detrás del mostrador pero no molestes que voy a andar bien ocupada.

Y si te da sueño, pos échate allí en esa colchita que te puse pero no

molestes que tenemos mucha clientela esta noche. . . . ¡Agáchate!
¿Qué no oyes el tiroteo? ¡Estos jijos de la Chingada! ¡Cómo no se
van a agarrar allá a su madre!

*"Mira, por eso cuando te vide en los periódicos, pos le dije a mi vieja
que teníanos que venir, o al menos yo. Si es el nieto de la Nati, le dije. Y
como de chicos eran tan amigos tú y el Danny. Supites que no volvió del
otro lao, ¿verdá? M'hijo nomás le sirvió al gobierno de pura carne de
cañón allá en el frente, como tantos otros mexicanos. Pero desde ese día
me he vuelto más abusao y más amargao. Yo que creía que este país era
la esperanza del mundo, pos 'hora me voy fijando que es como allá en
México donde yo nací. No, hombre, si es como en todas partes, el que
tiene más saliva, traga más pinole, verdá de Dios. Por eso, por el Danny,
me vine a verte cuando me enteré. Andamos mi vieja y yo con la familia
de Chon Gonzáles, no sé si te acuerdas, los que vivían por la Irving,
cerca de la iglesia pentecostal. Pos andamos acá con ellos, en la uva, allá
en Coachella. Fue Chon el que me trajo el periódico y le dije yo a mi
vieja, tengo que ir, por el Danny . . ."*

—Órale, esé vato, le aliviano un frajo.
—Sirol, ése, pero ando a raiz, sin marmaja.
—No se agüite, esé Danny, que le voy a dejar cai cuatro de un
jalón.
—Órale, ése. 'Tá resuave. Oye, Lucho, anda el wiri-wiri que te
van a mandar a Gainesville.
—Chale, esé *guy*. Pero si me llegan a agarrar, me les descuento,
ése. Watcha, esta semana me salió chambita. Cosa de vender mota
por allí, ése. Y con el jando que saque, me pelo de aquí. Tú dirás
si me haces esquina, Danny.
—Nel, carnal. Yo en esas movidas no me meto.
—Újule, cabrón, pareces vieja.

"Por eso vine a verte. Desde anoche me vine pa Los Angeles."

—Mire, Martínez, yo lo conozco. Conozco su historia, su familia. Sé cómo se crió ese pobre muchacho. Ud. es el único abogao que conocemos aquí en Los Angeles. ¿Por qué no averigua Ud. a ver si lo puede ayudar?

—Mire, don Fidencio. Yo no me quiero meter en esos líos. Muchachos como Luis Sosa no merecen nada de nadie. Puede ser que su vida haya sido difícil pero la mía también lo fue y ya ve Ud., yo la hice. Yo me eduqué con mucho esfuerzo sin el apoyo de nadie. Pero hay algunos que tienen mala cabeza; ya de por sí nacen torcidos o nacen vagos. Ya sabemos que la vida es difícil para el mexicano pero ya ve Ud. cuando uno quiere, pues se las arregla para educarse, para triunfar. Después de todo, éste es el país de las oportunidades donde uno puede, como quien dice, levantarse con sus propias correas de zapato, por más fregado que esté uno.

"Sabiendo también que tal vez tu familia no pudiera venir a verte, decidí venir. Ya había oído por mis muchachos que te habías escapao de Gainesville y que no te podía hallar la ley . . ."

—Abusao, Lucho, juéguese águila, ése. Y cuando lléguenos a la orilla del surco, le taloniamos pa la acequia. Si nos ven, les dihimos que fuimos a miar. Si nos sale, pos te tiras y a chapalear quedito hasta salir a la huerta del otro lao de la cerca. De allí le picamos por el maiz hasta llegar a las casuchas de los mojaos. Con ellos nos escondemos hasta que oscurezca. Póngase trucha, ése, y juímonos.

"Pero no sabía que te hubieras largao pa California. Ay, Lucho, ¿cómo vinites a meterte en este laberinto? La vida es dura, hijo, bien dura pal pobre pero esto, muchacho, no arregla nada. No sé si te acuerdas tú de aquella vez que fuimos to'os juntos a Tahoka a las piscas.

'Tabas tú muy chico entonces pero nos fuimos to'os con don Lorenzo, el troquero, tú y tus hermanos y tus papases y hasta tu abuela y nosotros con to'o el triponiaje. Recuerdo que en uno de los ranchos el gringo no nos quiso pagar un día. Nos salió con que habíanos comenzáo muy temprano antes que se oreara el algodón. El descarao nos salió con eso a las tres de la tarde cuando ya habíanos terminao toda esa cuchilla. Me acuerdo que fuimos y le averiguamos y él nos dijo que nos saliéranos de allí porque si no, le iba a hablar a la ley. Ese día Lucho, le hubiera prendido fuego yo a su rancho o lo hubiera matao de la rabia que traiba pero me dijo mi vieja: ¿Qué sacas? viejo. Te meten al bote lo'o luego y ¿qué va a ser de los muchachos? En esos tiempos, Lucho, no había unión pal trabajador en la labor. No había ni Civil Rights ni nada. Ni un pinche abogao chicano que lo defendiera a uno. Pos tuvimos que irnos de allí to'os enrabiaos. Fue la única vez que trabajamos con ustedes y tú tal vez ni te acuerdes. Tenías tú tus siete años y el Danny unos diez. Pero yo sí me acuerdo. Me acuerdo retebien porque fue entonces que aprendí a leer y a escribir inglés. Allá por las noches una hija de don Lorenzo juntaba a la chamacada pa darles clases y yo, de curioso, me acerqué una noche y después no dejé de ir. La escuela es muy importante, Lucho, no sé por qué dejates de ir, tú que eras tan bueno pa los deportes . . ."

—Ese Lucho. Se avienta pa correr. 'Tá teco ése. Se baila a cualquier gringo en los cien *meters.* 'Tá bruto.

"*Mi Danny siguió hasta el 10 pero de allí se salió porque quería trabajar pa comprarse su tartanita. ¿Con qué iba a poder comprársela yo? Y después, pos ya sabes, se lo llevó el Army. El trabajo no hace rico a nadie, Lucho, pero tampoco así, tampoco así . . ."*

—Ándale, Lucho, decídete. Es una buena oportunidad. De jardineros no vamos a llegar a ninguna parte. Y la vieja que quiere que nos soplemos a la nuera, 'tá dispuesta a pagarnos bien. Son rica-

190   chones. No, mira, a mí no me importa, me vale madre saber por qué quiere que nos echemos a la nuera. Con tal que venga la lana. Creo que es una vieja de esas celosas. Celosa con el hijo, ¿te das cuenta? La vieja le conoce las movidas a la nuera y dice que la podemos agarrar sin peligro. La echamos al carro y le picamos pa las lomas y nadie nunca sabrá nada, mano. No habrá modo de pegárnosla a nosotros. Así que apúrate, hombre. ¿Vienes o no? Chingao, hombre, si aquí nos podemos hacer ricos y después nos pintamos pa México o pa donde tú quieras.

"Claro que no ha sido todo culpa tuya, Lucho. Tus papases se des-obligaron de ti cuando comenzaron a correr la cantina. Tal vez fue el mal vivir de tu abuela. O la miseria. Vive uno siempre en la chilla y los jóvenes no saben esperar, no quieren esperar, y entonces, pos, escogen lo que parece más fácil. Creen que está nomás de agarrar y correr pero se olvidan que el robo sólo lo pueden hacer los ricos. A los que roban de a millones los apoya y los protege la ley pero el pobre que se quiere em-parejar un poco, se revienta en la cárcel. El robo, Lucho, yo lo entiendo. Y es que las riquezas de este mundito están muy mal distribuidas. Pero eso de matar, hijo, por plata, eso no, hijo, eso no. Todavía fuera por cambiar la situación en un país o por desquitar otra muerte. Pero por dinero, no, hijo. Eso no."

—Hijo-e-la—Chingada, Chuy. No me habías dicho que 'taba gorda la gringa.

—Mira, cabrón, no te me rajes que ya es muy tarde para rajarse. Muy tarde. Ahora te aguantas.

"Bueno, Lucho, me tengo que ir. Todo sea por Dios. Tú pídele perdón."

—No, Martínez, lo que pasa es que Ud. no entiende nada a pe-sar de tantos años de estudio, a pesar de tanto título. Acaso no sabe que los mexicanos como Ud. que se educan son una excepción, una minoría. La realidad es la de los otros, la de los miles y miles que no acaban ni *high school* por ponerse a trabajar en lo que sea pa mantenerse. Pa cuando un chicano se alza por sus propias correas, como dice Ud., ya hay miles desempleados, miles que han ido a parar a la pinta. Miles que chambean de lavaplatos o de cocineros o de porteros. Nuestros hijos acaban con el pico y la pala, cavando diches, descargando costales y cajas, barriendo calles y edificios, o acaban siendo volados por un explosivo en el frente de batalla. Ud. cree que porque Ud . . . pero lo que pasa es que se ha olvidao. Mire, yo soy viejo, pero no soy ciego. Ahora Ud. está de perico, repitiendo las mismitas palabras del gringo. No, Martínez, lástima de tanto estudio. La vida no le ha enseñao nada.

—Mire, don Fidencio. Mejor váyase. Pero sépase una cosa, que a ese muchacho no hay quien lo salve. De aquí a un mes lo mandan a la silla eléctrica. A él, a su cómplice y a la vieja Duncan también.

One Morning: 1952

He got up early, around five thirty, took some water from the basin and splashed it on his face. Then he put on his jacket and went out to the outhouse that stood near the alley. They said that soon they would lay sewer lines in the barrio and then people could have bathrooms inside their houses. Well, that would be those who could afford to buy the fixtures, the pipes, and had enough to build the extra room and to pay for the installation. His children wanted it to have a shower and that meant some kind of linoleum for the walls, the kind that came in squares and he could install himself with adhesive. Chita was asking for it to have green squares. He zipped up his pants, lifted the latch on the door and went out again. It was still dark outside. The children's swing needed another paint job already, although it had only been three years. He had made it from some lumber he had left over from when he added an extra room to the house to serve as a kitchen. The children were growing up fast and pretty soon they wouldn't be interested in the swing; but their younger cousins were always around and they could enjoy it. He went in and washed his hands in the basin and after rubbing his hands together to dry them, proceeded to light the stove. He went into the middle room and then to the front room where the boys slept and lit the heaters. It was still very cold and he didn't want Chita to get up until later when the kitchen at least would be a bit warmer. He rinsed the coffee pot and after

filling it with water scooped a couple of tablespoons of coffee to
put in the filter basket.

He went up to the cupboard, found the small radio that was in the corner and turned it on to listen to the news, but he kept the volume low. The war in Korea continued; it seemed it was going on forever. His brother-in-law was out there, somehow caught up in that mess of Chinese, Koreans and *gringos*. The Chinese said that the U.S. was using biological weapons, that they were intent on transmitting all sorts of diseases and doing away with them in that way. The U.S. denied it, but—who knows—it might be true. With all their technology they could probably do something like that. After all, hadn't they poisoned Pantaleón when he was in jail. He died right away after he got out and no one ever knew the cause. And then he'd heard that they were doing all sorts of strange experiments with people's brains that left them like idiots. But there were millions of Chinese and it wouldn't be easy to whip them. Mexico, on the other hand, had been pretty easily whipped and then had half its land taken from it. And if they hadn't done away with the *mexicanos* left on this side, it was because they needed them to pick cotton, mop floors, cook and do hard labor with a pick and shovel in hand. They certainly got all they could out of them and then on top of it all they treated them like lepers saying things like they were dirty, lazy and worthless. They had some gall! Yes, as laborers they were okay to have around, but not to use the same bathrooms or to go into the same restaurants that they did. They certainly weren't allowed to live in the same neighborhoods. Years ago, when he first saw the mistreatment he'd felt he had to say something and he wrote to the Mexican consul in Del Río. It was back then, not too much after he first came to Texas, that he had joined the Masons; they were forward thinking men who believed in change, in the advancement of Mankind. He poured himself a cup of coffee and added a teaspoon of sugar to it. But then the children were born and little by little he stopped attending the meetings. Children needed another kind of guidance. The coffeepot was still percolating and he removed it from the stove; he sipped at his coffee as he continued listening to the morning news report. He bent down and took the frying pan from out of the stove where they kept it and set it on the burner. Opening the icebox he looked for the *chorizo* and some eggs. He took a spoonful of lard and dropped it into the now hot pan and then added the *chorizo*. The pan started to sizzle so he placed the cover on it. The Rosenberg trial was still going on. When he saw that the *chorizo* was ready he stirred in two eggs. Supposedly they were spies, but who knew the truth. Maybe they were being accused just because they were Jews. Or for their ideas. He then heated up some leftover tortillas from the day before and sat down to eat. Don David sure knew how to make good Mexican *chorizo!* It was worth going all the way to his store to buy it. Another bus full of *braceros* had overturned. What did they expect? He'd seen them piled up like cattle in those buses. But the poor *mojados* hiding in those big trailers and vans as they tried to get smuggled in had it even worse. They often ended up dead from suffocation. He heard himself sigh, thinking that if the Mexicans had it bad, the *negritos* had it worse. When the blacks went to the movies they got sent up to the balcony section; in stores and shops they had to drink from different water fountains, and bathrooms, of course, were segregated. These damned blue-eyed *gringos* were nothing but a bunch of racists; they were just as bad as the Nazis. But sooner or later they'd get their due, for it was written that the unrighteous man was an abomination in the eyes of the Lord. While he poured himself another cup of coffee he opened up the cupboard. They were running low on flour and coffee. He looked in the icebox again and

saw that they needed to buy more milk and eggs. Payday was still
three days away, that is, if the checks came in on time at work. The
extra money they'd make picking cotton on Saturday would come
in handy. The sound of voices outside came in through the window and he looked out; Don Ramón's car had stalled on him again
and his sons were pushing it. He put on his jacket and went out.
Once they got the car rolling, Don Ramón was able to restart it.

Before coming back in he shook the dust off himself at the door.
When it rained cars either had to dodge the huge puddles or ended
up spinning their wheels in place and digging ever deeper into the
mud, but that wasn't the case now; it hadn't rained in two months
and the dust kicked up by the passing cars whirled around the dirt
streets. It was 6:30 A.M. and he made himself another cup of coffee. He'd have to ask Don David at the store to let him have a few
things on credit—milk, bread, some eggs, flour and coffee—at
least until Saturday. He knew that everything was more expensive
at the barrio store but they did extend credit there and after paying the bills there wasn't enough left to do it any other way. Maybe
he should ask the foreman about a raise; he was up for a ten cent
an hour raise about now. He looked up and saw the time. At
7:15 A.M. he had to leave to make it to Knickerbocker Road where
Bill picked him up. He poured coffee into the thermos, then he
opened up the cupboard again and pulled out the loaf of bread to
make two sandwiches, one with bologna and mayonnaise and the
other with the leftover *huevo con chorizo*. There were no Negroes or
any other Mexicans where he worked; he was the only one. The
gringos wanted the *mexicanos* for sweeping and that kind of job
but the highway maintenance jobs they kept for themselves. Poor
white workers, but *gringos* nonetheless. When were things going
to be different? When would we finally see a *mexicano* teacher, or
a *mexicano* lawyer; there wasn't one in the whole town. Forget

about doctors or pharmacists. The *cantinas* were the only libraries to be found in the barrio where men drowned themselves in drink and forgot all about their families at home. It was the children—the younger generation—that had to do something to change things. First off, never let themselves be stepped on by no blue-eyed *gringo*. Show them that they had the smarts, that they were as good or better than they. His children were doing well at school. See, it *had* been good for them to have learnt to read Spanish at home before going to school to learn English. He poured himself one last cup of coffee and sat down to read his Bible.

When Chita got up at 7:00 A.M. the kitchen was tolerably warm; they talked while she made up the children's breakfast. They too had to get up before long to get ready for school. Her day would be busy; she had to do the wash that day and that meant wringing everything by hand and hanging it on the line outside.

At 7:15 A.M. he picked up his lunch box, put on his jacket and headed for Knickerbocker Road. It was a crisp morning and he liked the idea that the crew would be going out to patch the pot-holes over on the road to Christoval. There were some great pecan trees out there and at lunch time he could pick a whole bunch to bring back home to the kids.

Una mañana: 1952

Se levantó temprano, como a las cinco y media, y se refregó la cara con un poco de agua en el aguamanil. Después se puso la chaqueta y salió al excusado que quedaba justo al callejón. Decían que pronto pasaría el alcantarillado por el barrio y entonces podrían tener baño adentro de la casa. Bueno, los que tuvieran para la tubería, el cuartito extra que requeriría, los aparatos necesarios y la instalación. Sus hijos lo querían con regadera y eso significaba hule para cubrir la pared, ese de cuadritos que él mismo podría pegar con cemento. De cuadritos verdes lo quería Chita. Se abrochó el pantalón de nuevo, desganchó la puerta y volvió a salir. Aún estaba oscuro. El columpio de los muchachos ya iba a necesitar una pintadita, después de tres años. Él mismo lo había hecho de unos barrotes que le sobraron de cuando le añadió la cocina a la casa. Los muchachos ya estaban creciendo y pronto dejarían de pasearse en el columpio. Pero allí estaban los primos para que aprovecharan. Volvió a lavarse en el aguamanil, y frotándose las manos, prendió la estufa. Luego pasó al cuarto de enmedio y a la salita donde dormían los muchachos y prendió los calentadores. Aún hacía mucho frío y no quería que Chita se levantara sino hasta más tarde cuando la cocina por lo menos estuviera calientita. Enjuagó la cafetera y después de ponerle un poco de agua comenzó a añadirle las cucharadas de café al filtro.

Acercándose al trastero, prendió bajito el radio pequeño que tenían arrinconado sobre la mesa para oír las noticias. La guerra seguía en Corea; parecía que nunca iba a acabar. Su cuñado andaba allá en ese revoltijo de chinos, coreanos y gringos. Los chinos acusaban a los gringos de usar armas microbiológicas. Con los microbios los querían infestar de enfermedades y así exterminarlos. Los gringos lo negaban pero a lo mejor era verdad. Eran capaces de todo, con su tecnología. ¿No habían envenenado al Pantaleón en la cárcel? Nomás salió y al poco tiempo murió. Nadie supo nunca de qué. A otros les hacían cosas en el cerebro para dejarlos atontados. Pero los chinos eran muchos y no iban a poder con ellos. A México sí le habían dado su zarandeada y le habían quitado la mitad de su territorio. A los mexicanos de acá no los habían eliminado porque los necesitaban para piscar el algodón, trapear los pisos, cocinar y jalar duro con pico y pala. Bien que los usaban aunque los trataban como leprosos. Decían que los mexicanos eran sucios y roñosos y flojos. ¡Tenían lomo! Ni siquiera los dejaban entrar a los mismos baños ni a los mismos restaurantes. Ni comprar propiedad en los barrios gringos. Del maltrato de la colonia ya se había quejado, hacía ya años, escribiéndole al cónsul en Del Río. Por eso al poco tiempo de haber llegado a Texas, se había incorporado a la logia; eran progresistas y creían en el cambio, en el avance de la humanidad. Se sirvió una taza de café y le puso una cucharadita de azúcar. Pero después habían nacido los muchachos y poco a poco había dejado de ir a las reuniones. Ellos necesitaban otro tipo de instrucción. La cafetera seguía hirviendo. La sacó de la lumbre y mientras tomaba unos sorbos de café, siguió oyendo las noticias. Sacó el sartén que guardaban en el horno de la estufa y lo puso a calentar. Luego, del hielero sacó el chorizo y unos huevos. Una cucharada de manteca y añadió el chorizo al sartén. Para que no chisporroteara le puso la tapa de una olla encima. El asunto de los Rosenberg seguía. Cuando ya estuvo el chorizo le re-

volvió dos huevos. Decían que eran espías pero en verdad no se
sabía nada. A lo mejor los acusaban porque eran judíos. O por sus
ideas. Recalentó las tortillas que habían sobrado de ayer y se puso
a almorzar. Valía la pena ir hasta la tienda de don David para conseguir el chorizo mexicano. Allí sí que lo sabían hacer bien. Se
había volcado otro bus con braceros. No, ¡si los apiñaban en esos
camiones como marranos! Todavía peor era la desgracia de los
mojados que apretujaban en las camionetas y en las treilonas para
ocultarlos. Ésos morían sofocados. Pero si la situación del mexicano era mala, la de los negritos no era mejor. En el cine los man-
daban al balcón; en las tiendas tomaban agua de una llave distinta y
los baños, no se diga, seguían segregados. Los gringos, ojos azules,
eran unos racistas, igual que los nazis. Ya les llegaría su merecido
porque escrito estaba que el hombre inicuo era abominable a los
ojos de Dios. Se sirvió otra taza de café y mientras lo tomaba abrió
el trastero. La harina se iba acabando y café no había mucho tampoco. Abrió el hielero y vio que había que comprar más leche y
huevos. Faltaban todavía tres días para que le pagaran. Eso si no se
tardaban en llegar los cheques al trabajo. El sábado irían a piscar;
así se ayudarían un poco. Oyó voces en la calle y se asomó por la
ventana. A don Ramón se le había vuelto a parar el carro y lo iban
empujando sus hijos. Se puso la chaqueta y salió a la calle. Una vez
que agarró correntía lo pudo arrancar.

Se sacudió antes de entrar. Hacía dos meses que no llovía y las
calles sin pavimentar alimentaban los remolinos que despertaban
los vientos y los carros que corrían por la vecindad. En tiempo
de lluvia las calles eran lagunas donde las ruedas de los carros pa-
tinaban hundiéndose cada vez más en los huecos que iban cavando. Se sirvió otra taza de café. Eran ya las seis y media. Le
pediría a don David que le fiara algunas cosas hasta el sábado:
leche, pan, huevos, harina y café. Todo era un poquito más caro en

la tiendecita pero después de pagar las cuentas, no le quedaba para más. Tal vez le pidiera un aumento al mayordomo; ya le tocaban otros diez centavos. A las siete y quince tenía que salir a la calle Nique donde lo iba a levantar el Bill. Puso café en el termo. Abrió el trastero de nuevo, sacó la pieza de pan y tomando cuatro rebanadas se hizo dos sandwiches, uno del chorizo que había sobrado y uno de baloney con mayonesa. Allí donde trabajaba no había negros ni mexicanos. Él era el único. A la raza la querían para barrer pisos pero el trabajo de manutención de carreteras lo dejaban para los güeros. Güeros pobretones, eso sí. Y los mexicanos, ¿cuándo iban a salir de su situación? No había ni un solo mexicano de profesor, ni de abogado en todo el pueblo. Menos doctores. Menos farmacéuticos. Las bibliotecas de los mexicanos eran las cantinas donde vivían ahogados, desobligados de sus hijos y de sus mujeres. Los hijos, los hijos tenían que cambiar las cosas. Y no dejarse pisotear por ningún güero, ojos azules. Demostrarles que en cuanto a capacidad, eran tan buenos o mejores que ellos. Sus muchachos iban bien en la escuela. Después de todo les había servido aprender a leer en español allí en la casa. Sirviéndose una taza de café, se sentó a leer la Biblia.

Cuando Chita se levantó a las siete, se pusieron a platicar mientras ella preparaba el desayuno para los muchachos. Tenían que levantarse dentro de un rato para arreglarse y salir a la escuela. Para ella el día sería pesado porque tenía que lavar, enjuagar y tender todo en el lazo.

A las siete y quince agarró la lonchera y poniéndose la chaqueta salió para ir a pie hasta la calle Knickerbocker. Era una mañana fresca y le alegraba pensar que ese día andarían parchando el camino cerca de Christoval. Allí había unos nogales hermosos y seguro que a mediodía podría juntar algunas nueces para sus hijos.

JACINTHE$BAG

Chop it up, chop it up, dice it, dice it.
Trim the ends, peel the onion,
Chop it up, chop it up, dice it, dice it.
chop, chop, chop.
Dice, dice, dice.
Slide it off, slide it off, into the pan.
Chop, chop, chop.
Dice, dice, dice, slide it off,
get it right.
Into the pan.
Trim the ends,
peel it.
Chop, chop, chop,
dice, dice, dice.
Faster, faster.
Chop, chop.
Dice, dice.
Into the pan.
Dump it in, dump it in.
Chop, peel, chop, dice.
Chop, peel, chop, dice.
Peel them first, three at a time.
Chop off the ends.

202 Chop, chop, chop.
Dice, dice, dice.
Corti, corti, corti, y zas!
Slide it off.
Faster, faster.
Chop, dice, pan,
chop, dice, pan.
Híjole, careful with the knife.
Chop, chop,
turn the onion.
Keep your eye on the knife,
Jeez . . . I can't see.
My eyes, my eyes, my nose.
Sniff, sniff, sniff.
Man, *ya no aguanto.*
I can't see, I can't see anymore.
What a stink! The tears,
the onions.
Qué peste!
Chop, chop, chop,
dice, dice, dice.
Don't drop them, now,
slide, slide, slide them, into the pan.
Dale, dale.
Chop, chop,
dice, dice,
into the pan.
Onions, onions, onions
nothing but more onions,
cuánta cebolla,

onions diced for *tacos*,
onions for *enchiladas*,
onions, onions, onions
corti, corti, corti,
chop, chop, chop,
dice, dice, dice.
Slide it off, slide it off.
I can't stand it, I can't stand it anymore
Man, my eyes, my eyes.
Peel, chop, dice,
slide it off. slide it off. . . .

"O.K. Mere. *Ya párale.* You can go on break for lunch."

"Hey, Viken, I tell you I just can't stand it. The smell, really, it's too much. I'm getting this splitting headache, *'mana.*"

"*Mira,* I think they're going to transfer you over to the tortilla section, anyway, 'cause you're way too slow, *vas muy despacio y ya anda repelando el mayordomo.* You know, the manager, he's already griping about your going too slow."

Thirty minutes later.

"*Oye,* Viken, you better show me what I have to do here."

"O.K., look, Mere, the tortillas drop from this belt and all you have to do is fill them and then just roll them. See, like this. You take the tortilla, stuff it with the meat and onion filling over here in this huge pan, and then roll it. You place the *burritos* on these long trays that they pick up every fifteen minutes to take them where they get wrapped in foil. Got it? But you have to stay on top of it and move fast, 'cause the tortillas keep coming. Just don't let

them pile up like this, 'cause you'll be in big trouble with the line
manager. O.K., that's it, that's the way, that's the way. You got it.
Careful, there, Mere, or you'll get burned. Pick them up with your
fingertips. *Ándale, ándale, así nomás.* All right, all right. I'll see you
later. I have to go back to my station. Today they've got me doing
the wrapping."

Ay! They're hot.
Flatten it, stuff it, roll it.
Flatten it, stuff it, roll it.
Flatten it, stuff it, roll it.
Dobla y dobla y dobli, dobli, dobli.
Jeez! I'm getting burned.
Man, they're coming out super hot!
Come'on. Gotta keep up.
Fold it, stuff it, fill it, roll it.
Stuff, stuff, stuff,
roll, roll, roll.
Híjole, these tortillas just keep coming, just keep coming.
Stuff, roll, stuff, roll, stuff, roll. *Doblidoblidobli,*
¡Ay! mequemoimequemoimequemo.
Too hot!
Oww!
My fingers!
Stuff it, fold it, no, roll it,
Ay! What was it?
It's not a *taco,* it's a *burrito.*
I'm getting all mixed up.
Roll it, roll it.
Flatten it out,
stuff it, roll it.

Stuff it, roll it,
stuff and roll.

Oh, no! Here comes the boss.

"Hey, honey, you're doing O.K. for a starter. See if you can go a little faster tomorrow, though."

JACINTHE$BAG

Corta, corta, corta, la cebolla, bolla, bolla. Corti, corti, corti y ¡zas! Sale la bandeja. Echa la cebolla. Corta más cebolla. Corta más, más, más. ¡Zas! La bandeja. La cebolla. La bandeja, la cebolla. Ponle más, ponle más. Corta, corta, corta. Corta y corta y corti, corti, corti, corti. La bandeja. El lagrimeo. ¡Qué peste! Corta, corta, corta pa los tacos congelados. Corti, corti, corti, pa poner en la bandeja. ¡Zas! Ponle más. Ya no aguanto. Ya no aguanto. Me arden mucho los ojos. Corti, corti, corti. ¡Zas! Zas! ¡Zas! Con cuidado. Con cuidado. Corti, corti, corti.

—Ya párale pa lonchar, Mere.

—Oye, Viken, ya no aguanto, qué dolorón de cabeza tengo con ese tufo.

—Mira, creo que te van a mandar a las tortillas, *anyway,* porque vas muy despacio y ya anda repelando el mayordomo.

. . . Bueno, y aquí, ¿cómo le hago?

—Verás, van cayendo las tortillas y tú las vas doblando y les vas poniendo el relleno de cebolla y carne que tienes en esa fuente y prontito vas poniendo los burritos en las bandejas que recojen cada quince minutos y los llevan a donde los envuelven en papel de aluminio. Sí, sí, así nomás, las tortillas vienen por el transportador y tú sigues rellenándolas y doblándolas y lueguito sigues con las otras que van cayendo. Nomás no dejes que se te amonto-

nen las tortillas porque si no, se te echan encima los viejos éstos.
Huy, ya te quemaste. Con la punta de los dedos nomás. Andale,
ándale, así nomás. Así, así. Bueno, te dejo. Tengo que volver a mi
rincón porque hoy me toca envolver los burritos y no quiero que
se me amontonen.

Dobla y dobla y dobli, dobli, dobli las tortillas, tillas, tillas.
Chingao, que me estoy quemando. Y las tortillas nomás cayendo,
nomás cayendo. Dobla y llena. Dobla y llena, doblillena, doblille-
nimequemoimequemuimequemo. . . . Ay, chirriones, allí viene
el jefe.

—*Hey, honey, you're doing O.K. for a starter. See if you can go a
little faster tomorrow, though.*

One Night

Samaniego wasn't back from work yet and it was getting late, so Florencia decided to walk to her father's house six blocks away and ask to borrow the car. She needed to go to the laundromat.

A while later she returned home, loaded up the car with the wash and her three children and headed over to the laundromat on Chadbourne Avenue. The fact that Samaniego had taken to stopping at the *cantina* with his friends after work was bothering Florencia more and more. Work and drink. Drink and work. "There's nothing else to do in this town," he'd say to her. It wasn't that she wanted it thought that she had Samaniego tied to her apron strings, no that wasn't it at all. *But he doesn't have to go overboard. He works hard, that's true enough and comes home covered with sawdust from the carpenters' shop. I'm not complaining about that, but now with the excuse that he's working Saturdays too he's starting to not show up after work and he knows that I need the car on Tuesdays to go do the wash.* Besides, Florencia hated to have to ask for favors from people just so she could get things like the washing done. If she had a job somewhere, she could get a car. *Just an old clunker to get around. The kids are older now and they can stay with Amá when they get out of school. I could put the littlest one in the day care center downtown.* But she couldn't do it. Even her father was dead set against it.

"No, *m'hija*, if your husband doesn't want you to work, well, then you don't work. That's it. Yes, you're right, I know it would be a big help, but we men have our pride too, you know. Do what I tell you, Florencia, you're better off eating just *frijoles* and *tortillas* and that there be no problems between you two. That's exactly the reason why I never let my girls work in hotels or laundries or restaurants. You know that and you know why. There's always someone there ready to take advantage of women, to fondle or rub up against them. I wouldn't even let you girls work in the *gringas'* houses because we all know what the *gringos* do with the Mexican help. That's why I always had you girls on a short rope, right there with me in the fields, right there where I could keep my eye on you."

The *gringa* who ran the laundromat was walking around keeping an eye on things and cleaning the washing machine lids. She came up to Florencia and asked if she needed change. Florencia abstractly said yes, she needed change for four wash loads and the dryers.

"You girls can complain all you want about me having kept you out in the fields, working under the hot sun, but none of you can say that anybody got out of line with you. They'd better not have; I had the truck and I was in charge, so they'd better not even think about it. It's for that same reason that I pulled you girls out of school. It wasn't just that I needed you to help out with the work in the fields, I mean, with nine girls and just two boys, well, I had to count on you girls helping out. And, boy, you knew how to work; you girls were out there working right there with the best of them. But that wasn't it. Nobody was going to fool me. If I pulled you out of school it was because of what everybody knew and what everybody always said went on. Back then too, just like today, everybody knows that the girls who go to school don't go to study; they're just wild and looking to get into trouble. I wasn't going to let that happen with mine. I wasn't going to let you girls go to school and get a big belly like happened to so many. No way was I going to allow my girls around that bunch of *pachucos* who just hang around the school to mess with the girls."

Gilberto, her oldest boy was already twelve. He was helping her separate the white clothes from the colors. The towels went in one machine. The blue jeans in another. Gilberto was a helpful boy, patient and calm like his grandfather. Samaniego hated to see Gilberto helping her out, got disgusted when he saw Beto liked to cook—although he always made the same thing, *chorizo con huevo*. One day Samaniego announced, holding the rifle he brought back from Vietnam, that he was going to take Beto out and show him how to shoot. Any boy of his had to be *bien macho*.

"So you see, Flor, you have to admit it was the best thing. You can complain all you want that you didn't get a chance to go to school. But all I'm telling you is that all of you girls left my house the right way. None of you ran off with some boyfriend. And none of you got married pregnant and had a baby six months later like so many. No, all of you did things right, *como Dios manda*. That's raising you right, that's education. Listen to me, I'm getting old now, but pay attention to what I'm telling you. If Samaniego doesn't want you to work, then you stay right at home and tend to your chores and your kids. God will help you out, you'll see."

After they'd put the loads in the machines, she and Gilberto sat down to wait and looked around the laundromat to see who else was there that day. Meanwhile, the youngest ones played on the floor with one of their little toy tractors.

"Flor, before you drive off, there's something else I want to tell you. Don't always be complaining to Samaniego, don't always be getting on his case. What happens is that he'll get tired of that and then, that's when he'll start running around and not coming home.

You're the one that'll lose out. Then you'll really have problems.
Pay attention to what I'm saying. It's for your own good, *m'hijta*."

Doña Refugio, one of her parents' neighbors, came up to her.

"*Quiúbole,* Flor, long time no see. Yeah, here I am doing the wash before going over to the hospital later on. You probably heard, my daughter's sick; tomorrow they're going to operate on a tumor she's got. No, she'd had that pain for years but it just wouldn't go away, even though we kept going to Don Cañuto to see if he could do something for it. Well, we went to him because you know how expensive it is to go to the doctors, I mean, you go only when it gets really bad. The worse thing is that over at the moccasin factory where she works they don't have any insurance. So there you have me, running around trying to come up with the money to have her admitted to the hospital, because Poncho's insurance at work doesn't cover his family either. No, I'm telling you, he's in construction but the insurance is only if something happens to him on the job. What worries her the most is that she's missing work and Poncho hasn't had much work this month, so they're having a hard time, so many bills to pay and everything."

The *gringa* motioned to them. The machines had stopped and they had to take out the clothes from the washers right after they stopped. They waited for a dryer.

But there's no way I could do what Celestina does with her man, although she just kept saying it over and over again the whole time we were on the bus this afternoon on the way back from the clinic.

"Thing is, Florencia, you just don't get it, do you? You gotta do what you've gotta do. I just stick on mine like glue. So he's going downtown to buy something, well, I'm right there alongside him in the car. So he's headed over to our *compadre* Toribio's to get something or another, I'm right there too. So after fiddling with the car a while he wants to go out to eat somewhere, there's no way he's going without me, whatever I'm wearing and even if my hair's a mess. And you see, Manuel's never gotten away with anything with me. No, sir, not with me. He's not going to fool me because I've got my eye on him day and night. That's right! No way I'm going to stay at home like a *pendeja* with him out there."

The dryers were all taken by someone else and she had to wait a while with the damp clothes in the laundry baskets. *That Celestina sure thought she had it all figured out. But when it came to talking about her kids and the problems they were having, well, then she started to act dumb.*

"I'm sure you already heard about what happened the other day. Yeah, there was this whole big problem with the school and the city. Well, I need someone to keep an eye on the little kids and so I have Micaela stay at home. So the whole thing happened because someone went and reported that she wasn't going to school, and they came out and said that if she wasn't sick she had to be in school every day. Now it even looks like they want to investigate us, crap about the kids not being taken care of, that they don't get enough to eat and who knows what else. I mean, what are they supposed to get? Whatever there is, some *frijoles,* rice and some *tortillas.* Where am I supposed to come up with anything else? I mean, what are we supposed to do, take them all to eat out at a restaurant? I mean, it's hard enough to come up with the money for Manuel to eat out, but he's the man and he's working and he deserves it, right? And if I go out with him when he goes, well, well, because I have to, right?"

And she went on and on, chomping away at her gum. But before getting off the bus she managed to throw some of her poison my way. "No, girl, I'm telling you. The whole problem was on account of the neighbors, I'm telling you the truth, they're just jealous. Just because their men don't take them out anywhere and they're locked inside their stupid houses day and night. All day long they don't do nothing but clean and cook and iron for their kids. So now, it seems they're going be sending these *gringas* to snoop around every Friday, supposedly to see if the kids are eating, like if I'm giving them baths and clean clothes and whatever. What do they want me to do?—you know how those *huercos* are, you clean them up and a little later they're all dirty again. I mean they're going around saying that the kids were all filthy. As if the rest of the kids in the barrio weren't all grimy too! Anyway, so now we're supposed to be more careful and take care of them better and stuff or else they say they'll take them from us. So now Manuel and me only go out to the restaurant once in a while. The good thing is it sort of scared him a bit and he's not drinking so much. But I'm sticking to him real close all the time anyway. That's for sure. So Florencia, what I'm telling you is that you have to check up on Samaniego and see what he's up to, wherever he's going, you just make sure you're right there with him."

Finally one of the dryers was free, and they then loaded up another and another. The more delicate items had to be taken out after five minutes or so because otherwise they turned yellowish. Florencia was keeping her eye on the dryers when she sensed that someone was looking at her. She raised her head and recognized Ramona. She hadn't seen her in years although they'd gone to elementary school together and she remembered how they'd played and fought back then. Right off they started talking about old times and old friends they'd had.

Right, right. right. Esperanza married Juan and they have a little boy now. Conchita? You've got to be kidding. She got married to Popeye? Alfredo, why I always see him at the clothes store where he works. Aha, the Rodríguezes moved to California and María and Pancho are living in

Dallas. What? I can't believe it. They have how many? Six kids, those two are too much. Slow down.

Ramona was one of the few schoolmates who had finished high school. She'd worked in the onion and spinach fields for a time and later in a laundry after she'd graduated and then when they opened up the moccasin factory she was one of the first to sign up. She'd been there for a while but since it was piece work and they paid so little she'd started working at the jeans factory. But she had other plans; she wanted to go to business school to be a secretary or typist or something and earn more money.

"At my age I should be married and have kids, like you, but you know how bad everything turned out with me and Samuel. We had to separate after two years. And what I'm telling you is that I don't plan on getting married again if it means having to support him. You remember María Pérez, well, there's another example, there she is with three kids and a husband who doesn't want to work. He just hangs out at the *cantina* and that's it. I'm not going to have that again. The one that's not doing too bad is Jesusita; I know about her because she lives right next door. But, same thing, every month her brothers have to come over and track down Chacho because he goes over to Villa Acuña and doesn't come back. I tell you it's like that all over. Look at my sister Marcela, she's got six little kids and forget about Kiko, he just figures that welfare has to take care of things. At least all I have to take care of is myself and I'm doing that okay."

When Florencia went back to her chair next to the dryers, Doña Refugio had left already but her *comadre* Ester, one of the littlest ones' godmother, had come in.

"Doña Refugio? She left just a minute ago. I know, she's all upset and not only because Mere is sick in the hospital. To top it all off, last night they picked up her grandson over at El Pozo.

Someone must have snitched and the police came right into the
cantina and searched him right there. They caught him with I don't
know how many ounces of marihuana on him. It was a *gringo* cop,
otherwise they probably wouldn't have done anything to him. In
the end, it's Doña Refugio who gets it; she's the one that has to
scramble to come up with the bail, because Poncho acts as if it
wasn't his problem, as if it wasn't his kid in trouble. Poor woman,
she spent the whole morning going here and there trying to come
up with someone to sign for the thousand dollar bail. Hey, *mira
nomás*, check out who just came in. It's Petra. Boy, she's bad news,
always hot-to-trot. Be careful of her with Samaniego, you can tell
she's always had the hots for him, from way back when he was in
the Army. Okay, okay, I'm just telling you so that you can be careful because she's a real snake."

Gilberto helped her fold the clothes and place them in the
basket. They gathered up the box of detergent and headed home.
When they got there they brought the laundry in and then went
out again to drop off the car. It was dark out by then so her father
drove them back to their place. Samaniego wasn't home yet.

Florencia decided to put the dinner she'd left on the stove for
Samaniego in the refrigerator. *If he feels like eating, he'll have to
warm it up himself. It's getting to be too much.* She began to put away
the washed clothes while the kids watched television.

Later, after putting the kids to bed, Florencia shut off the lights
and sat down on the sofa in the front room. She was waiting for
Samaniego and thinking. She thought about Mere, and how scared
she must be right now knowing that tomorrow they were going to
operate on her. She looked so old and worn out, and she wasn't really that old. *She must be, what, about forty now? And I don't even want
to think about the bill they're going to get when she gets out. It's hard to
believe with all the women they have working there that they don't have*

any insurance for them. It's really too much. They should get together like the garment workers in El Paso did and do something about it. That's the only way. Put the pressure on the owners and they'll have to do something. Doña Refugio's right, those gringo *bosses just want us to stay quiet and dumb.* Florencia looked at the clock. It was close to twelve and Samaniego still hadn't come home. *I'll be so embarrassed if later on I have to get someone to go after him stone drunk in some* cantina. *As if we didn't already have problems enough—as if they didn't already make it hard for us—and on top of that to go off and make things harder on ourselves. It's stupid. That's like lending a hand to the same people who are screwing us every day. Although Samaniego is right too, sometimes it's not the* gringos *who do it to us directly, sometimes it's our own:* "Down at work, the worst one is Pascual Arroyo. Ever since they put him as second in charge, he's the one that screws with us the most." *The truth is that it's like Amá says all the time,* "El que tiene más saliva, traga más pinole." *Yeah, the one on top always has it better, and it doesn't matter where. Things are getting as bad as they were back in Mexico, back in Coahuila in my güelita's time when it was the* mexicanos *messing with other* mexicanos. She had never been in Coahuila, but Florencia remembered the Mexican movies she had seen. *The one with Pedro Armendáriz. He played an* indio *who rebels against the* patrón. *Well, it looked to me like the patrones were just as Indian as the* peones, *but then again, maybe not, they did always seem to be a little lighter skinned in those movies. Boy, it's been so long since we've gone to the movies. I wonder if it's still like that in Mexico nowadays? Probably is.* Florencia remembered the theater; they'd closed it down, but when they were first going out they'd always meet down at the Cine Rita which only showed Mexican movies. Samaniego had never been out so late. *Maybe he's seeing one of those women who hang out at the* cantina. *Or maybe he's gone and gotten himself in some kind of trouble. Tomorrow it'll be hell trying to get him to get up and go to work. And what am I doing here staying up late like an idiot. One thing's for sure, if he ever comes home late and starts trouble, for sure, the neighbors here will call the police. And he'd better not even think about raising a hand to me . . . No, I don't even want to think about it. I don't even want to think what my Apá would do if he heard about something like that.*

It was one o'clock when she heard the car driving up. Right away she got up from the sofa, went to the bedroom and locked the door. They'd have to talk tomorrow.

Una noche

Como Samaniego no llegaba del trabajo y se hacía tarde, Florencia caminó las seis cuadras hasta la casa de sus padres para pedirle el carro a su papá. Necesitaba ir a la lavandería.

Volvió a la casa después de un rato, recogió la ropa y con sus tres hijos se fue al *Laundromat* que quedaba por la calle Chadbourne. Florencia ya estaba fastidiada porque Samaniego había agarrado de irse con sus amigos a la cantina cuando salía del trabajo. Trabajar y tomar. "No hay más que hacer en este pueblo," le decía. No, no quería que se dijera que Samaniego estaba atado a sus faldas. *Pero tampoco tiene por qué descompasarse. Trabaja duro, no me puedo quejar, entre todo ese polvo de la madera que serruchan. Pero ora con el cuento de que trabaja también los sábados, quiere lograr las tardes para pasearse con los amigos. Sabe muy bien que los martes necesito el carro pa ir a lavar.* A Florencia le disgustaba andar dando molestias para hacer sus quehaceres. Si tan sólo pudiera trabajar, tendría su propio auto. *Una tartanita aunque fuera. Ya los muchachos 'tán grandecitos y se pueden quedar con Amá cuando salgan de la escuela. Al más chiquito lo pondría en la guardería del Centro.* Pero no podía. Y ni su papá la apoyaba:

"No m'hija, si su marido no quiere que trabaje, pos entonces no trabaja. Sí, ya sé que sería una ayuda, como tú dices, pero nosotros los hombres tenemos nuestro orgullo. Haz lo que te digo, Florencia, que es mejor que coman puros frijoles con tortilla y que estén

218

en paz. Yo, ya sabes, por eso mismo no las dejé trabajar nunca en hoteles ni en lavanderías ni en restaurantes. Porque allí no falta nunca quien se aproveche de las mujeres pa estrujarlas o manosearlas. Ni con las gringas, porque siempre los gringos se mandaron con las criadas mexicanas. Por eso yo las traiba conmigo allá en la labor, donde pudiera estarlas vigilando."

La gringa que tenía allá el negocio y estaba de pie cuidando y limpiando las máquinas se acercó para preguntarle si necesitaba cambio. Necesitaba feria para las cuatro lavadoras y las secadoras.

"Y no se quejen de que las haiga traído yo allá con el sol rajándoles el casco, que no podrán decir que nadie nunca les faltó el respeto. Como yo era el troquero, ni quién chistara. Por eso mismo las saqué de la escuela. No era nomás que necesitara las manos en la labor, porque con nueve hijas y dos hijos nomás, pos ustedes también tuvieron que ayudarme. Y bien que han sabido jalar, como las meras mujerotas. Pero, ¿qué me vienen a contar a mí? Si las saqué también por las cosas que se veían y que contaba la gente. Ya entonces, como hoy también, las muchachas que iban a la escuela pos eran una bola de pajuelas. Con eso de que van a la escuela, se desbalagan. No, ¡qué va! Pa que después salieran gordas como más de cuatro. ¡Qué iba yo a dejar que mis hijas anduvieran chacoteando allá con la bola de pachucos que andan nomás alborotando huercas en las escuelas!"

Su hijo mayor, Gilberto, que tenía ya doce años, le ayudó a separar la ropa blanca de la de color. Las toallas en una. Los pantalones de remache en otra. Gilberto era un niño muy acomedido, con la paciencia y el coraje del abuelo. A Samaniego le disgustaba que Gilberto le ayudara, que quisiera cocinar, aunque siempre el mismo guisado, chorizo con huevo. Por eso le había estado enseñando a tirar al blanco con el rifle que había traído de Vietnam. Su hijo tenía que ser bien macho.

"Y ya ves, Flor, no me puedes negar que fue mejor así. Tú te puedes quejar de que no les haiga dado escuela, pero todas mis hijas salieron bien de su casa. Ninguna se juyó. Ninguna salió panzona y parió después de seis meses de casada tampoco. Todas a su tiempo como Dios manda. Eso es educación, hija. Mira, yo ya 'toy viejo, hija, pero hazme caso. Si Samaniego no quiere que trabajes, pos quédate en tu casa con tus quehaceres y tus muchachos. Dios los ha de ayudar."

Luego de meter toda la ropa en las máquinas, ella y Gilberto se sentaron a esperar y a ver quién más estaba en la lavandería, mientras los niños más chicos jugaban en el suelo con un tractorcito.

"Y otra cosa que quería decirte, Florencia, antes de que te arranques. No le repeles tanto a tu marido. Mira que uno se cansa y por eso agarra la paseada. Y luego la fregada eres tú. Hazme caso, hijita."

En ese momento se le acercó doña Refugio, vecina de sus papás.

—Quiúbole, Flor, tiempales que no te veo. Pos aquí, yo también lavando mis garritas antes de irme pal hospital. No sé si sabes que tengo a m'hija enferma; la van a operar mañana de un tumor. No, si ya tenía años con ese dolorcito que no se le quitaba, pero no le hizo ningún remedio, por más que estuvimos allí con don Cañuto pa que le hiciera la lucha. Ya sabes cómo es de caro 'tar allí, si nomás por pura necesidá. Lo pior es que allí en los huaraches onde trabaja ni siquiera les tienen aseguranza. Pos que áhi me tienes a mí al trote pa conseguir con qué meterla al hospital porque ni Poncho tiene aseguranza pa la familia. No, si allí en la construcción no más pa ellos, por si les pasa algo a los hombres en el trabajo. Y lo que más siente m'hija es que 'tá perdiendo de trabajar, y como no ha habido mucho trabajo pal Poncho este mes, pos ahí 'tán, amolaos con todas las trácalas encima.

La gringa le hizo una seña. Las máquinas se habían parado y había que sacar la ropa y meterla a las secadoras.

Y ni modo que haga lo que la Celestina. Aunque bien que me lo estuvo recomendando cuando se me sentó al lado en el bus esta tarde que venía con los niños de la clínica:

"Lo que pasa, Florencia, es que no sabes hacerle. Yo me le pego. Me le pego como sarampión. Que se va al pueblo a mercar algo, me fleto en el carro con él. Que va a pedirle un fierro al compadre Toribio, áhi voy yo también. Que después de mecaniquiarle a un carro se quiere ir a cenar, pos me voy con él, así como ande, greñuda y con cualquier chancla. Y ya ves, a mí ¿cuándo me ha engañao el Manuel? A mí no me puede fuliar porque lo cuido de día y de noche. ¡Qué esperanza que me quede yo en la casa! ¡Pa 'tar allí de pendeja!

Las secadoras estaban todas ocupadas y tuvo que esperar con la ropa en el canasto. *Esa Celestina se las sabía todas. Pero bien que se hacía la tonta cuando hablaba del descuido de sus hijos:*

"Ya te han de haber contao lo del masacote del otro día. Pos sí, nos metimos en un borlote con la escuela y la Ciudá. Como la Micaela se quedaba a cuidar a los muchachos pa ayudarme, pos no faltó quien fuera con el cuento a la escuela. Vinieron a ver y dijieron que como no 'taba enferma que tenía que irse a la escuela to's los días. Y después hasta la Ciudá nos andaba haciendo cargos, de que no los cuidábanos bien a los chamacos, que no comían bien y quién sabe qué más. Pos nomás lo que uno tiene, sus frijolitos, arroz y tortillas. ¿De ónde agarra uno pa más? Ni mo'o que comiéranos to's en el restaurante. Si apenas le alcanza a mi viejo pa ir él, porque también así trabaja. Y yo, pos por pegármele, pa que no me haga tonta."

Y ella tan tranquila, masqui masqui chicle. Antes de que bajara, también a mí me la cantó: "Las de to'el mitote fueron las vecinas, no hay ni qué, de pura envidia. Como los maridos de ellas no las sacan pa ninguna parte. Áhi nomás están encerradas. Se la pasan to'el día con sus hijos, lavando y planchando. Ora nos vienen a ver unas gringas to's los viernes, que pa ver si los niños 'tán comiendo bien. Que si los baño y les doy ropa limpia. Ya sabes tú cómo son los huercos que no duran limpios. Pos no andaban diciendo por áhi que los niños hasta costras de mugre tenían. Como si to'el huerquerío' del barrio no anduviera igual. Ora tenemos que tener más cuidao porque si no, dicen que nos van a quitar a los muchachos. Ora ya nomás de vez en cuando nos vamos al restaurante. Lo bueno fue que el Manuel se asustó bastante y ora ya no toma tanto. Pero sea como sea, no me le despego. Por eso tú, Florencia, lo que habías de hacer es conocerle las mañas al Samaniego y seguirlo, seguirlo nomás a onde quiera que se te vaya."

Por fin se desocupó una secadora y luego otra y otra más. La ropa delicada había que sacarla después de cinco minutos porque si no, se ponía amarillenta. Florencia seguía cuidando las secadoras cuando sintió que alguien la estaba mirando. Levantó la cabeza y reconoció a Ramona. Hacía años que no veía a su compañera de primaria, con la que tanto había jugado y peleado. Se pusieron a platicar de otros tiempos y de otras amistades.

—Sí, Esperanza se casó con Juan. Y ya tienen un chamaquito. ¿Y Conchita? No me digas, ¿se casó con el Popeye? Sí, a Alfredo lo veo siempre en la tienda de ropa donde está de dependiente. Sí, los Rodríguez se fueron a California, y María y Pancho están viviendo en Dallas. No te puedo creer. ¿Ya tienen seis hijos? ¡Qué bárbaros!

Ramona era una de las pocas compañeras de Florencia que había terminado la secundaria. Después había trabajado algunos años en la cebolla y en la espinaca, luego en las lavanderías y más tarde cuando instalaron las fábricas de huaraches había sido una de las primeras que se había apuntado. Pero como pagaban tan

poco, por pieza, ahora trabajaba en la fábrica de *blue jeans*. Y ya
tenía otros planes; quería comenzar a estudiar en la escuela de comercio para ser secretaria o mecanógrafa y ganar un poco más.

—A mi edad, debería estar casada y con niños como tú, pero ya
sabes lo mal que me fue con Samuel. Tuvimos que separarnos después de dos años. Ora no quiero casarme pa mantener a nadie. Te
acuerdas de María Pérez, pos áhi no está con tres de familia y el
marido que no quiere trabajar. Vive ahogado en la cantina. ¡Pa que
me toque una suerte así! La que está un poco mejorcita es Jesusita,
pero como vive allí al lado, me entero de que cada mes tienen los
hermanos de ella que andarle buscando al Chacho porque se le va
a Viacuña y se le pierde. Y así, no falta. Mi hermana Marcela también ya está largada con seis chamacos. El Kiko ya ni la friega, con
el cuento de que el *Welfare* se hace cargo. Yo por lo menos me
defiendo sola.

Cuando Florencia volvió a su silla, ya doña Refugio se había ido,
pero había llegado su comadre Ester, madrina de uno de los niños
más pequeños.

—Sí, doña Refugio ya se fue. Anda tan mal, la pobre. Y no es
nomás por la Mere que está enferma. Figúrate que anoche le pes-
caron al nieto allí en el Pozo. Quién sabe quién lo denunció, y
la chota se metió hasta la cantina pa esculcarlo. Le jallaron no sé
cuántas onzas de marihuana. Jue un chota gringo, que si no, no le
hubieran hecho nada. Y la que la lleva es doña Refugio porque es
la que se apura pa conseguirle el fiance, porque el Poncho, como
si no juera hijo. Anduvo doña Refugio toda la mañana busqui
busqui quien le firmara el fiance de mil pesos. ¡Ay, mira nomás! Ya
vites quién entró. La Petra. Esa a todos les mueve el agua. Ya sabes
que con el Samaniego se le cae la baba. Desde que estaba de soldado. Nomás te digo pa que te andes con mucho cuidao con esa
víbora.

Gilberto le ayudó a doblar la ropa y después de acomodarla en el canasto, recogieron el detergente y salieron. Primero dejaron la ropa en su casa y luego fueron a dejar el carro. Como ya estaba oscuro, su papá los vino a dejar. Samaniego aún no había llegado.

Al ver que la cena que le había dejado sobre la estufa se había enfriado, Florencia decidió meterla al refrigerador. *Si quiere comer, que la caliente él. Esta vez ya se mandó más de la cuenta.* Se puso luego a guardar la ropa mientras los muchachos miraban la televisión.

Más tarde después de acostar a los muchachos, Florencia apagó las luces y se sentó en el sofá del cuarto de enfrente a esperar a Samaniego. Se puso a pensar en la Mere, en el miedo que sentiría al pensar en la cirugía de mañana. Se veía la Mere ya tan acabada y no era tan vieja, *qué, tendrá sus cuarenta y tantos años. Y la cuentota que les va a caer después. Parece increíble, con tanta mujer que trabaja allí. ¡No tenerles aseguranza! No, ya es un abuso. Deberían juntarse como las costureras de El Paso. Sólo así. Que les apriete el zapato a los dueños, a ver si no se mueven a hacer algo. No, si bien dice doña Refugio, estos gringos nos quieren atarantar vivos.* Le echó una mirada al reloj. Ya iba para las doce y Samaniego no llegaba. *Qué vergüenza si después yo también tengo que pedir que me lo vayan a sacar 'hogao de alguna cantinucha. De por sí 'ta uno fregao porque así lo friegan, y luego andarse buscando su propia ruina. Eso es ya querer ayudarles a estos gringos que nos quieren tener con la pata encima. Aunque a veces, claro, es como dice Samaniego:* "Allí en el trabajo el más arrastrao es el Pascual Arroyo. Desde que lo pusieron de segundo del mayordomo es el que más nos friega." *Como son las cosas. Bien dice Amá,* "el que tiene más saliva, traga más pinole." *Ya se va a poner como en México, como en Coahuila en los tiempos de güelita, que los mexicanos abusaban de los mexicanos.* Nunca había estado en Coahuila, pero Florencia se acordaba de las películas mexicanas que había visto.

Aquélla con Pedro Armendáriz. Salió de indio, de un indio que se rebeló contra el patrón. Bueno, *tan indios eran los patrones como los peones, aunque, ora que me acuerdo, los patrones siempre eran más blanquitos en esas vistas. Ya hace tanto que no vamos al mono. ¿Cómo será ora por allá por México? Seguro que ha de ser igual.* De novios siempre se habían encontrado en el Cine Rita, donde pasaban puras películas mexicanas, pero ya lo habían cerrado. Samaniego nunca se había tardado tanto. *¿Andará quedando con alguna vieja cantinera? A lo mejor se metió en un laberinto. Mañana no va a querer levantarse pa ir al trabajo. Y yo aquí desvelándome también. De tonta nomás. Si alguna vez llega armando rejolina, los vecinos seguro que le hablan a la ley. Y sí algún día llegara a ponerme la mano . . . ni lo quiero pensar. Mejor que no lo llegue a saber nunca mi Apá.*

Ya era la una de la mañana cuando sintió que llegaba el carro. Se levantó inmediatamente del sofá, se fue a su recámara y le echó llave a la puerta. Mañana arreglarían cuentas.

Barrio Chronicle

The police are looking for Sofía Méndez. Some people say she's living with her sister out in Utah someplace. Others think she went back to Ciudad Juárez. There are all kinds of rumors going around in the barrio about her, her baby girl, her sister, her brother-in-law and her sister's mother-in-law. People say that because she refused to testify against her brother-in-law last year—probably because she was scared to—he's not only gone back to his old tricks, this time with a 15 year old girl, but word is he's now involved with drug traffickers.

My mother first told me about the whole thing last year sometime, I think, when I was back there in San Angel for a few days. The truth is when we talk on the phone you just get some of the details, but not the whole story. You have to be there in person to get a real sense, to feel the pulse of what's really going on in the barrio. There's always some sort of crisis, but this one had started way back; according to my mother it started around December of the previous year when she got a call from this Sofía, asking her to please come over quick and take her to the doctor's. She wasn't living too far away, so within five minutes, my mother was helping Sofía pile the kids into the car and taking her to the White Clinic that's over on Beauregard. When they got to the emergency room, my mother stayed and translated for her because Sofía didn't speak English.

"So, what happened?"

"Well, it seems Sofía's brother-in-law beat her and then he raped her."

My mother was just starting to tell me the whole story when my aunt Consuelo came in. She had seen my car parked outside and dropped in to say hello. We made ourselves some coffee and my mother went on with the story. It was like the old times, I would be sitting there listening and my mom would start telling what was going on, as if she were the unofficial recorder of local barrio life. My aunt also knew Sofía because for a while she'd worked at the same egg-packing plant with Sofía's sister, Patricia.

"Sofía's sister is that little short woman who was there the day you went to pick me up. You remember, don't you?"

"You mean the one that was standing next to the conveyor belt checking to see that the eggs were all right as they went through the washer?"

"Right. You see they're both from Ciudad Juárez. Patricia—the sister—was the one that first started crossing over to this side to clean houses in El Paso."

"We're from Zacatecas. My father used to farm there but when things got really bad we all came up to Juárez because there was a lot of talk about all the jobs at the new *maquiladoras*. Both Patricia and me got jobs right away but afterwards things slowed down and they started shutting down some plants along the border. My sister got laid off first; that's when she started crossing the border to work cleaning houses for the *gringos* and rich Mexicans on this side in El Paso. That's how she met Richard, when she was working at his mother's house."

"What is this Richard guy? Is he a *gringo* or what?"

"Well, his mother's a *mexicana* married to a *gringo*."

My aunt, as usual, wanted to show off so we could see how well informed she was about everything. But what she really wanted to know was who the little girl's father was.

"But, what's all this about their little girl? People say that Patricia's girl isn't hers, that Sofía's really the mother."

"Right, the little girl is Sofía's, but Richard and Patricia wanted to adopt her. But, quit interrupting and let me finish telling you."

"I'm so sorry to bother you, señora. It's Sofía . . . Sofía Méndez, Patricia's sister, you know, I live right across the way from Mague Chávez. Right. Exactly. I'm really sorry to bother you, but I need someone to take me to the hospital right away, I'm . . . I'm . . . Could you take me? O.K., yes, I'll try to calm down, but it's that something horrible just happened and——what? no, no, it's not the children, no, yes, please, please come quickly, I'll be waiting right here."

"So I didn't know what to expect. When I got there, I saw her face was black and blue and her eyes were practically swollen shut like she'd been crying for a long time. What really got to me was when she lifted her blouse and showed me this enormous bruise on her ribs where he'd kicked her. I packed the kids into the car and we took off for the emergency room."

"Señora, please tell them that it hurts real bad all over; I think one of my ribs is broken and oww. What are they saying, señora? That I have to stay in the hospital, but, tell them I don't have any insurance . . . and what am I going to do with the kids? Thank you, señora, right, if you could take care of them at least until Patricia gets off work. Ah ha, she gets out at 4 P.M. Thank you, señora."

"When I went back to the clinic the next day I found Reverend García—you know, the pastor from the Mexican Baptist Church— talking to her. Maybe you don't know, but they have this community service thing now for abused women. Right, sometimes they help them out with money, but the main thing is the legal assistance the battered women get. When he heard about Sofía's case from some of the neighbors, he came down to recommend to her that she press charges against her assaulter."

"The agency I work with can help you get a lawyer."

"I could tell that Sofía was afraid. I mean, what would you expect, especially since she doesn't have any papers, you know. Right, she's undocumented, but that hasn't been a problem for her in the barrio; she baby-sat her sister's children. I mean, she figured that if she *did* complain they'd probably have her deported. The pastor was aware of the problem though; he's familiar with cases like this."

"Look, my agency can help you get a lawyer. As soon as the suit is filed against him, the law has to protect you until the case comes to trial."

"So, then what happened?"
"The way I heard it, she was at home taking care of the children when her brother-in-law beat and raped her. She was in such bad shape that she was kept in the hospital for a whole week. And later I was asked to go down to the court and say what I knew about the day Sofía called and I took her to the hospital. But you see, things didn't work out the way we had thought they would."

"So what *did* happen when they discharged her from the hospital?"

"Well, for starters she didn't go back to her sister's; Sofía moved in with her friend Estela, who lives over on P Street, across from Maurilio's store."

"When they let me out I didn't go back to my sister's. I went to live at Estela's house, a friend I knew from when we both worked at the same *maquiladora* back in '73 or so in Juárez. That year they cut back workers at a bunch of plants; in fact they closed down some thirty-nine plants along the border. Estela, who has an aunt here, came to San Angel and started cleaning houses. Later she got a job at a childcare center and after that in the big syringe factory they set up in town. I stayed in Juárez because I had a boyfriend and didn't want to leave. When he found out I was pregnant, he left me on my own and that's when my parents came to live with me until my baby was born. In 1978 they started hiring again and I got a job at the General Motors plant that made electronic components. What'd happened, they say, is that things didn't work out at the plants they'd set up in Taiwan and South Korea or wherever because the cost of labor was going up; it was, however, getting cheaper to do it in Latin America. That's the reason I heard they came back and opened the plants again, all along the border and even in the interior of *México*.

Things were O.K. at first but then they started giving us quotas and telling us we had to produce more. I worked as fast as I could but two years later they fired me and a whole bunch of other workers. It was also a way for them to get rid of us because they could always train new workers who made less than we were making by then. After two years I was making more than they wanted to pay for the work, even if we weren't getting much. This time I had started out making only about twenty-two dollars a week. But by 1980 I was making seventy-two cents an hour, about thirty-four dollars a week; but you know what they do, they calculate the pay in dollars but pay us in pesos so right there we'd end up losing and on top of that everything, tortillas, rent and gas had gone way up with the devaluation. So, in 1980 when I was laid off I decided to cross the border like I did every weekend to do my shopping, only this time I took the baby with me. In El Paso Richard's parents picked me up and drove us to San Angel. Once I got here I started taking care of Patricia's children so that she could go to work. Even though I didn't have my papers in order I didn't have any big problems. I was living at my sister's house, I saw Estela here again, and pretty soon I even had some friends in the barrio with whom I went dancing on weekends."

"When they let her out of the hospital Sofía tried to pick up her little girl at her sister's but Patricia refused to give her back. I found out later that they had already started making arrangements to adopt the girl."

"Hello, yes, this is Mrs. Stephens from the Social Services Office. We have a few questions we'd like to ask you about Richard and Patricia Smith. You know this couple, don't you? Well, as you probably know, they want to adopt a little girl and they've given your name as a reference. Yes, yes, I'm aware of the case. Yes, but what I'd like to ask is, to your knowledge, how do they treat the child? Ahh. So they care for her a lot and treat her well. And what do you think? Would they be good parents to the child? Yes, but you have some doubts now given recent events, right? So you say that the husband is out of work now. Well, my information here says he has a business, a mattress company of some

kind. Oh, I see, that business is his father's in El Paso. I understand. Yes, right. Well, thank you so very much, and can I call you
back again if I have any other questions? Right. Thank you once
again. Good-bye."

"Can you believe it! They weren't even considering what he'd
done to Sofía. But that's not all. The clincher came later; when the
court date came around Sofía was nowhere to be found. I was getting dressed to go down to the court when someone came and told
me. I tell you, I feared the worst. I called Reverend García but he
hadn't seen or heard from her either. All I could think was that
they'd find her dead body somewhere in some ravine. I mean,
since they say that Richard has gotten involved in selling drugs,
anything is possible. But about a week later my fears turned to relief when I got a call from Sofía from Ciudad Juárez."

"Yes, yes, I'm here and I just called to let you know that I'm
all right. Right, I can't tell you the whole story now but, well, it
wasn't my idea. They forced me to leave and I even thought they
were going to do something or dump me by the side of the road
somewhere. I just thank God that I'm okay. Right, right, Richard's
mother was behind it. But as soon as I can, I'm going to cross back
over. You'll see. I'll call you as soon as I'm able to. *Adiós.*"

"So that's when I went back to see Reverend García and told him
what I'd heard."

"No, I'm afraid there's nothing we can do at this point. I'm just
relieved that she's all right and that nothing's happened to her because, like you, I feared the worst; these people are as diabolical as
they come and I felt they were capable of doing anything to keep
her from testifying. But she should have contacted someone before

leaving. She could have called me at the agency. But of course, if they in effect kidnapped her then there was nothing she could do. But women in the community have to start defending their rights and stop letting people trample all over them whenever someone gets it into his head to do so. I see cases like this every week at the agency and what's incredible is that very few women want to bring charges against the men who do this to them. Sometimes it's a family member, like in this case; sometimes it's even a brother or an uncle who takes advantage of them, even of little girls. I just hope that someday soon we can set up a shelter for women who are victims of abuse because the problem is that these women really don't have anywhere to go to get away from alcoholic husbands or other kinds of abusive situations. And the worst of it is that women who can't find a way out come to see the situation as normal."

"So, did she come back or is she still in Juárez?"

"No, Sofía's back here again, and she's got the baby girl with her. And she's staying with Estela again."

"O.K., but what about the rumor that way back when they were still in Juárez she was messing around with Richard?"

My aunt had already heard the rumor going around the barrio that Sofía had been sleeping with Richard and that the baby was really his. But my mother didn't believe any of it.

"No, no, I don't believe that at all. What is true is that his family managed somehow to keep Sofía from testifying. So when the court date came and no one showed up, the case was dropped. A few weeks after Sofía disappeared I got a call from Patricia telling me she too was moving back to El Paso; Richard was already there because he was having a hard time finding work here. But according to Antonio, the real reason was that Richard was mixed up with drug dealing and that's why they had to leave. The only good thing is that, with all that happened, as you can imagine, the adoption of the little girl never went through,—thank God."

"So how did she manage to get the girl back from them?"

"Well, from what Estela told me I gathered that Patricia and Richard split up after they went back to El Paso; seems that the bastard raped a fifteen-year-old girl and the police are after him. Patricia got a job at a garment factory and has the boys; they're in school already, except, that is, Sofía's girl, whom she left with Richard's parents. When Sofía found out, she crossed over from Juárez to El Paso, went to Richard's mother and demanded that the woman give the girl back to her. Sofía told old lady Smith that if she didn't, she'd call the police, so she didn't give her any problems."

"Look, I don't know what you believe or what you've heard about Sofía. But what I can tell you is that after she got out of the clinic she couldn't sleep on account of the nightmares she was having. Apparently the day it all happened Richard left home early to go look for work, but he came back around noon. He went straight to his room and waited for Sofía to get the kids' lunch and put them down for a nap. That's when he grabbed her, pulled her into the room and forced himself upon her. Sofía's a little thing, but she's feisty, and she fought back. That's when he laid into her, beating and kicking her practically senseless. He raped her and then he left her there on the floor until she finally got up and called you on the phone. The thing that really makes me mad is how all the men—and even some of the women—all want to blame *her* for what happened. It's always the woman's fault and the man comes off clean as a whistle in the whole thing. They always want to let him off the hook. Boy, are we women stupid or what. I mean, if you hadn't been there to take her to the hospital I don't know what would have happened, because, nobody else—not even her very own sister—would have wanted to get involved or even made sure she saw a doctor."

It was like a TV soap. Several months went by before I went back to San Angel and heard the next chapter in the saga.

"And, what happened, *Amá*, with that woman named Sofía who had so many problems?"

"Well, let me tell you. Apparently her sister, remember Patricia, well, she's gone to Utah to work, it seems. And her husband—you remember, I told you about him—well, it seems that this Richard is still in hiding, maybe over in Juárez. Some think he's the ring-leader that's making monthly shipments to the city; after all, this is where he has all his contacts. Some say they saw him the other day over at Hortensia's house, the same day that car after car of *gringos* kept stopping by the house, to buy drugs no doubt. The news must go out that a new shipment is in, because, like your aunt says, those cars come by only on certain days. I wonder how they get the word out?"

"They say that they signal a new shipment by hanging some tennis shoes from the electrical wires up over the street. But how did you find out about her sister moving to Utah?"

"Well, about a month ago Patricia called me asking for Sofía's phone number but I told her I didn't have it. From what she said, it seems she wanted Sofía to go up there to take care of her kids."

"Don't tell me Sofía is going to agree to go up to Utah."

"I don't know really. It seems she's got a boyfriend here in San Angel now and maybe they'll get married. He seems a nice enough man and he's told her he'll help get her papers in order and everything. There's also talk about re-opening the charges against Richard."

"The rape and battery charges?"

"That's what they say. Now that there are more charges against him, maybe something will get done. But who knows? Since the victims are *mexicanas*, the law may end up not doing anything about it. It's also going to be hard to get Sofía to testify because word is they've threatened her. To tell you the truth, I don't know what's going to happen, maybe she'll stay and things with this new guy may work out, and maybe she'll press charges, but, on the other hand, it wouldn't surprise me one bit if one of these days I got a call from her in Utah telling me that she's gone up there."

Crónica del barrio

A Sofía Méndez la busca la policía. Algunos dicen que anda por Utah, con su hermana Patricia. Otros creen que se ha vuelto a Ciudad Juárez. En el barrio circulan todo tipo de rumores con respecto a Sofía, su hija, su hermana, su cuñado, y la suegra de su hermana. Dicen que por no haber testificado Sofía contra su cuñado hace un año, probablemente por temor, el Richard no sólo volvió a hacer la suya, y esta vez con una joven de quince años, sino que ahora anda metido con los narcos.

La que me lo contó todo fue mi mamá, creo que el año pasado cuando estuve de visita un par de días. La verdad es que por teléfono sólo se entera uno de los detalles más importantes, pero nada más. Tiene uno que ir en persona para sentir el pulso del barrio, que como siempre está pasando por alguna crisis. El cuento no era nuevo, porque, según mi mamá, fue por diciembre del año anterior que recibió el llamado urgente de Sofía, pidiéndole que la llevara al médico. Mi mamá se arrancó inmediatamente y, como no queda lejos, en cinco minutos llegó a su casa, la subió al carro con los chicos, y se la llevó a la Clínica Blanca, la que queda por la calle Beauregard. Ya en el cuarto de emergencias, mi mamá la hizo de intérprete porque Sofía no habla inglés.

—Y ¿cómo fue?

—Pues parece que el cuñado se aprovechó después de darle una paliza.
una paliza.

En eso estábamos cuando llegó mi tía Consuelo, que al ver mi carro llegó para saludarme. Nos sentamos las tres a tomar café en la cocina y mi mamá siguió contando. Era como en otros tiempos, ella contaba, como si fuera la cronista del barrio, y yo escuchaba. También mi tía conocía a Sofía, porque su hermana Patricia había trabajado con ella un tiempo en la empacadora de huevos.

—La hermana de Sofía era aquella chaparrita que estaba allí el día que fuiste por mí, ¿no te acuerdas?

—Ah, si. ¿La que estaba cuidando que pasaran bien los huevos lavados por el transportador?

—Esa misma. Creo que vinieron de Juárez, ¿no?

—Sí, las dos son de Juárez. Fue Patricia, la hermana, la que primero se cruzó para limpiar casas en El Paso.

"Mira, nosotras somos de Zacatecas. Allá mi papá trabajaba la tierra, pero cuando las cosas se pusieron malas nos vinimos a Juárez porque se hablaba mucho de las maquiladoras y de que ocupaban gente a diario. Patricia y yo fácilmente conseguimos trabajo, pero después se vino una mala temporada y comenzaron a cerrar algunas plantas por toda la frontera. A mi hermana la despidieron del trabajo primero; ella entonces comenzó a cruzarse a diario para trabajar de doméstica en las casas de los gringos y de los mexicanos pudientes de este lado en El Paso. Allí conoció al Richard, un día que estuvo trabajando en casa de los Smith."

—¿Y el tal Richard es gringo o qué?

—Pues es hijo de mexicana casada con un gringo.

Mi tía, como siempre, quería hacerse la más informada, pero lo que realmente quería saber era de quién era la niña.

—Pero, ¿qué hay de la niña? Dicen que la niña que tiene Patricia es realmente de la Sofía.

—Si, la niña es de Sofía, pero el Richard y la Patricia la querían
adoptar. Pero déjame terminar de contarles lo que pasó.

"Ay, señora, perdone que la moleste. Soy Sofía . . . Sofía Méndez, la hermana de Patricia, la que vive en frente de Mague Chávez. Ándele. La misma. Mire, perdone que la moleste pero necesito ir al hospital, sí, ahora mismo, ¿podría llevarme? Sí, sí, me voy a calmar, sí, al hospital, me acaba de pasar algo horrible, no, no son los niños, soy yo, sí, venga pronto, sí, aquí la espero."

—Y cuando llegué, la vi toda moreteada de la cara, con los ojos hinchados y llorando y entonces me mostró el golpe que tenía en las costillas de las patadas que le dio y rapidito agarré a los niños, los metí a todos al carro, y me los llevé a la clínica.

"Dígales que me duele todo el cuerpo, creo que me rompió una costilla o dos . . . y, ay, señora, ¿qué dicen? ¿Que me tienen que internar? Dígales que no tengo seguro . . . ¿y los chamacos? Ay, gracias, señora, siquiera hasta que salga mi hermana del trabajo, si los pudiera cuidar un rato. Sí, Patricia sale a las cuatro. Ay, gracias, señora."

—Cuando fui a la clínica al siguiente día me encontré allí al Reverendo García, el pastor de la iglesia bautista mexicana. No sé si sabes pero ahora tienen un servicio de ayuda a la comunidad. Allí les ayudan a las mujeres que tienen problemas con los maridos. Sí, a veces es ayuda económica, pero lo principal es la ayuda legal que les dan a las mujeres golpeadas. Al enterarse del caso por unos vecinos, se fue a verla para aconsejarle que demandara al asaltante.

"Mi agencia está dispuesta a ayudarle a conseguir abogado."

—Yo vi que Sofía tenía miedo. Pues claro, como no tiene papeles. Sí, sí, es indocumentada, pero aquí en el barrio no tiene problema y como ha estado de niñera para su hermana, ni quién la moleste. Pero si se queja, fácilmente la deportan. No, el predicador ya está bastante familiarizado con el problema.

"Mire, mi agencia está dispuesta a conseguirle abogado. Tan pronto como se presente la demanda, la ley tendrá que proteger su estadía mientras dure el litigio."

—Y ¿qué fue lo que pasó?

—Lo que yo tengo entendido es que mientras estaba en la casa cuidando a los niños, el cuñado la golpeó y la forzó. La paliza fue tal que Sofía estuvo una semana en el hospital. A mí después me dijeron que iba a tener que ir yo a la corte a declarar lo que sé, lo que pasó el día que me llamó Sofía para que la llevara al hospital. Pero ya ves, las cosas no salieron como creíamos.

—¿Y qué fue lo que pasó cuando salió del hospital?

—Se mudó de la casa de la hermana y se fue a vivir con una amiga que se llama Estela. Vive por acá por la calle P, en frente de la tiendita de Maurilio.

"Cuando salí de la casa de mi hermana me fui a vivir con Estela, una amiga que había conocido en Juárez, cuando las dos trabajábamos en la misma maquiladora allá por el año '73. Ese año se cerraron treinta y nueve plantas a lo largo de la frontera y otras muchas redujeron la mano de obra. Fue entonces que Estela se vino a San Ángel, donde tiene una tía, para trabajar de empleada doméstica; después estuvo de ayudante en una guardería cuidando niños, y más tarde en la planta de agujas quirúrgicas que abrieron en la ciudad. Yo me había quedado en Juárez, porque tenía allí un novio y no quería dejarlo. Pero cuando salí encinta en el '76, mi

amigo me abandonó y tuve que arreglármelas sola, hasta que se
mudaron mis padres a vivir conmigo. Allí nació mi niña. Para
1978, volvieron a abrir un número de maquiladoras y me em-
plearon en una planta de General Motors produciendo elementos ·
electrónicos. Dicen que a las compañías no les fue bien en Taiwan
y Corea del Sur, donde el costo de la mano de obra subió mientras
que disminuyó en América Latina. Por eso se volvieron a abrir un
número de maquiladoras a lo largo de la frontera y algunas hasta
en el interior.

"Pero las cosas en el trabajo empezaron a empeorar; nos comenzaron a exigir una cuota más elevada de producción. Yo hacía lo
que podía, pero a los dos años me despidieron, a mí y a muchas
otras compañeras. Era una manera de evitar el aumento de sueldo,
ya que siempre había una reserva laboral de mujeres en la lista para
entrar a trabajar. Mujeres sin experiencia a quienes se les podía en-
trenar fácilmente y comenzar a los sueldos mínimos en México.
Como yo ya tenía dos años allí, ganaba más de lo que convenía, a
pesar de que con la devaluación del peso en México, el sueldo era
ínfimo. Esta vez había comenzado a ganar cuarenta y cinco centavos la hora, lo que al principio sólo me salía a veintidos dólares
por semana. Para 1980 ya ganaba setenta y dos centavos la hora, o
sea, unos treinta y cuatro dólares por semana, pero los dólares se
nos pagaban en pesos. Claro que la vivienda, las tortillas y el gas
habían aumentado al doble con la devaluación. Así que cuando en
1980 me quedé sin trabajo, crucé la frontera como lo hacía cada fin
de semana para hacer las compras de este lado, pero esta vez con
la niña. Allí en El Paso me esperaban los padres de Richard para
traerme con ellos a San Ángel. Ya en la casa de mi hermana comencé
a hacerme cargo de los niños para que mi hermana pudiera trabajar. Aunque no tenía documentación me sentía tranquila. Estaba

con mi hermana y conocía a Estela y pronto me hice de otras amistades en el barrio y cada fin de semana salíamos a bailar o a cenar."

—Cuando salió del hospital, Sofía se quiso llevar a su niña, pero su hermana no quiso dársela. Yo al principio no entendía por qué, pero después me enteré que ya la Patricia andaba haciendo los trámites para adoptar a la niña.

"Aló. Habla la señora Stephens de la oficina de Asistencia Pública. Tenemos algunas preguntas que hacerle sobre el matrimonio de Richard y Patricia Smith. Ud. conoce a esta pareja ¿verdad? Como Ud. tal vez sepa, quieren adoptar a una niña y han dado su nombre como referencia. Sí, estoy enterada del caso. Sí, pero ¿qué me dice del trato que le dan a la niña? Así que la tratan bien, la quieren mucho a la niña. Y a Ud. ¿qué le parece? ¿Serán los padres adecuados para la niña? Sí, ajá, ahora tiene Ud. sus dudas. ¿Cómo dice? ¿El marido no tiene trabajo ahora? Dice aquí que tiene un negocio de colchones. Ah, es negocio del padre en El Paso. Sí, sí, comprendo, pues muchas gracias. Y si me lo permite, me gustaría poder volver a llamarle si tengo alguna otra pregunta. Bueno, gracias, adiós."

—¡Se imaginan! ¡Ni siquiera iban a tomar lo del caso en cuenta! Pero eso no es nada. Fíjate que el día que tenía que presentarse en la corte, a Sofía no se le pudo encontrar por ningún lado. Yo ya estaba preparándome para ir cuando me avisaron. Yo me imaginé lo peor. Hablé con el Reverendo García, pero tampoco él sabía nada. Pensé que en cualquier momento la iban a encontrar muerta por allí. Como dicen que el Richard anda metido en las drogas, cualquier cosa es posible. A la semana por fin me quedé tranquila cuando me llamó Sofía de Juárez.

"Sí, acá estoy. Nomás quería que supiera que estoy bien. Sí, sí, mire, ahora no puedo contarle, pero no fue cosa mía. Me trajeron a la fuerza. Hasta creí que me dejarían tirada por el camino. Doy gracias a Dios que estoy con vida. Sí, fue la madre del Richard, que llegó a la casa con dos matones, el día antes del proceso. Pero ya me he de cruzar de nuevo. Ya verá. La llamaré después. Adiós."

—Me fui entonces a ver al Reverendo García para contarle lo que sabía.

"No, señora, pues así no se puede hacer nada. Qué bueno que está bien y que no le pasó nada, porque yo también me temía lo peor con tal de que no testificara, porque esta gente es así, diabólica. Pero Sofía debió hablar con alguien antes de salir. Podría haberme llamado a la agencia. Ahora, si la sacaron a la fuerza, pues entonces ni modo. Pero las mujeres de la comunidad tienen que empezar a pelear por sus derechos y no dejar que cualquiera las ultraje y se salga con la suya. Ahí en la agencia tenemos casos de este tipo cada mes y son pocas las mujeres que quieren demandar a los culpables. A veces son familiares, como en este caso. A veces son los mismos padres y hermanos o tíos los que abusan hasta de niñas menores de doce años. Ojalá que un día no muy lejano podamos establecer una Casa de Refugio para mujeres sometidas a todo tipo de abusos. Porque hay mujeres que no tienen ni a quién llamar ni adónde ir para escaparse de la violencia de maridos alcohólicos. Y hasta llegan a pensar que no hay salida, que así nomás debe ser."

—Y ¿volvió por fin o sigue en Juárez?
—Sí, ya está de vuelta y tiene a la niña consigo. Viven con la Estela de nuevo.

—Pero ¿qué tan cierto es el rumor de que ya desde que vivían en Juárez andaba con el cuñado?

Mi tía ya había oído el rumor de que el Richard había sido amante de la Sofía y hasta se decía que tal vez fuera el padre de la niña. Pero mi mamá no estaba de acuerdo.

—No, yo realmente no creo nada de eso. Ustedes ya saben que la familia del Richard se las arregló para que Sofía no testificara. Al no haber testigo ni demandante la policía no pudo hacer nada acá. Allí se quedó todo pendiente. A las cuantas semanas de haber desaparecido Sofía de la ciudad, me llamó Patricia para decirme que ella también se iba a El Paso, adonde se había ido el Richard porque no hallaba trabajo aquí. Ahora por acá anda el runrún, según Antonio, de que el Richard anda muy metido en un lío de contrabando de drogas y que por eso más bien se fueron. Lo bueno es que con todo lo que pasó no se aprobó nunca la adopción de la niña.

—Y ¿cómo le hizo Sofía para conseguir a la niña de nuevo?

—Pues me contó Estela que el Richard y la Patricia se separaron después de un tiempito de volver a El Paso; dice que el desgraciado violó a una jovencita de quince años y que lo anda buscando la policía. Patricia consiguió trabajo en la costura y tiene a los niños con ella, como ya están en la escuela, pero a la niña la dejó con los padres de Richard. Cuando Sofía se enteró, se cruzó de Juárez y le exigió a la vieja Smith que le devolviera a la niña. Como Sofía amenazó con ir a la policía, no hubo grandes problemas.

"Mire, se dice todo de la Sofía. Lo que sí le digo es que el trauma fue fuerte porque después de que salió de la clínica, me la traje aquí a mi casa, pero no podía dormir por las pesadillas que tenía. No sé si Ud. sabe todos los detalles. El día que pasó todo, el Richard salió temprano a buscar trabajo, pero volvió como a mediodía y se fue derecho a su cuarto, esperando que Sofía terminara de darles de comer a los niños y los recostara. Entonces la agarró, la metió al cuarto y allí la forzó. La Sofía es chiquita, pero no es dejada, y comenzó a darle de manotazos, pero entonces él la agarró a golpes y a patadas y por poco la deja toda atarantada allí. Después de violarla se largó, dejándola allí tirada hasta que ella se levantó y le llamó a Ud. Lo demás Ud. ya lo sabe. Lo que más rabia me da es ver cómo todos los hombres y hasta algunas mujeres que se enteran del asunto la quieren culpar a ella. La mujer es siempre la que la lleva. Y el hombre sale limpiecito. Siempre quieren darle la razón al hombre. Así somos de pendejas. Si no hubiera sido que Ud. le da la mano, no sé qué habría pasado, porque seguro que nadie más, ni su propia hermana, se habría querido meter ni siquiera para darle auxilio."

Era como una telenovela. Pasaron algunos meses hasta que volví a San Ángel de nuevo y pude enterarme del siguiente capítulo de la crónica.

—Y ¿qué pasó, Amá, con aquella mujer, Sofía, la que tenía tantos problemas?

—Pues fíjate que su hermana Patricia se ha ido a Utah a trabajar. Y el marido, ¿te acuerdas que te conté del Richard? Pues dicen que sigue escondido, tal vez en Juárez. Algunos creen que él es el que está mandando el cargamento mensual de drogas a la ciudad, como tiene sus buenos contactos aquí en el barrio. Hasta dicen que lo vieron el otro día en casa de la Hortensia, el día que por allí llegaba carro tras carro de gringos, para comprar la droga seguramente. Yo creo que les avisan de algún modo cuando va a llegar el cargamento porque dice tu tía que sólo en ciertos días se da ese tráfico. ¿Cómo será que saben?

—Dicen que avisan poniendo un par de tenis en el cable eléctrico. Y ¿cómo supiste lo del viaje a Utah?

—Pues hace como un mes que me llamó Patricia pidiéndome el número de Sofía, pero le dije que yo no lo tenía. Parece que quiere que Sofía se vaya allá para que le cuide a los niños.

—Pero ¿no me digas que Sofía se va a ir a Utah?

—Pues mira, no lo sé. Le ha salido un novio por acá y dice que a lo mejor se casa. Dizque es un buen hombre y que le ha prometido que le ayudará a arreglar sus papeles. También se dice que hay posibilidad de que se mueva el caso de nuevo.

—¿El de los cargos de violación?

—Sí, así dicen. Como ahora ya son dos los cargos que le hacen, a lo mejor se mueve la ley para hacer algo. Pero ¿quién sabe? Tratándose de víctimas mexicanas, la ley no creo que haga nada. También va a ser difícil que Sofía abra la boca porque la han amenazado. Mira, tampoco me sorprendería que cualquier día me llamara de Utah para decirme que se ha ido.